小丑不流淚

姚尚德——著

謹以此書獻給

蘇淑萍

姚企濤

我的家人

一切都過去了。今天我知道向美致敬。

——韓波

第四章

默劇出走

第五章 再見野孩子

第六章 四十小結

微笑推薦

（依來稿先後順序）

勇於挑戰困難，開創美好人生

施振榮
宏碁集團創辦人／智榮基金會董事長

智榮基金會長期贊助雲門流浪者計畫，希望能與雲門一同幫助更多年輕朋友走出去，然後讓流浪者再帶著這份寶貴的流浪經歷回來反饋給台灣這塊土地的人們。

尚德因為參加流浪者計畫，到了中國大陸各地流浪，深入民眾生活街廓，進行「默劇出走」；流浪回來後，他也積極參與流浪者回到校園分享經歷的活動。雖然成長的過程曾飽受磨難，不過他都能一一克服並且走出自己的一片天，他的經歷與人生故事，十分值得年輕朋友們參考，在此特別推薦給各位讀者，也鼓勵大家都能勇於挑戰困難，開創美好的人生！

分享關懷是人類最美麗的救贖

李濤　關懷台灣文教基金會董事長

圓圓、靦腆的姚尚德，上了默劇粉妝，總是歡樂了成群的大人、小孩，丑角面具後，熾熱的心、孤單的身影，永遠交相輝映。

有過陰霾童年，收入微薄，長年奔波在偏鄉的尚德，心心念念，只想讓大家快樂一點。靜靜地在孤僻角落，圖上黑白顏料，滑稽的身影，好笑的臉，走進學校、街頭、市場，讓平靜的鄉村，頓時感染歡樂的騷動。不管是窮孩子、孤獨的孩子、不安的孩子，胖胖的小丑都讓他們忘憂歡喜尖叫，孩子們的快樂，可能只有半小時、一天，未來，只剩下模糊的記憶，可是，誰知道尚德的那份愛心，溫暖的善緣，真的，可能改變一個孩子，甚至很多人的一生。

每回一、二個鐘頭表演，渾身濕透，鮮少媒體眷顧，酬勞薄得辛酸，憨憨的尚德怡然自得說：「看到大家的笑容，值得的！」

我曾經陪著尚德粉墨登場，闖進教室。小朋友看到兩個小丑出現，從驚訝到瞬間的雀躍，跟著孩子們轉圈圈、手舞足蹈，從教室到操場，在草上滾、鞦韆上飛。福泰的尚德，汗珠融了滿臉塗白的妝，我聽到他笑聲的喘息，身上贅肉奔跑時的沉重，可是，只要孩子笑聲不停，畫著圓仔大黑眼眶的尚德，從未累過、歇過，讓人忘憂快樂，是他歡喜奉獻的源頭。

台灣最美的風景，是人。尚德，就是令人驀然回首感動的那幅景色。

面對自己童年創傷，用歡娛觀眾的默劇，療癒心靈的裂痕，尚德走出了自溺的灰暗期，生命更在表演中奔放，在數不盡孤獨日子裡綻放隱約的光熱。

尚德說：「體內潛藏的堅韌，也許就是來自這份清澈的孤獨。」在市場角落的上妝，在舞台布幔後的等待，在壅塞的機車道上被廢氣吞沒，我看到他的清澈孤獨，是份可喜的澈悟，溫暖的傾聽。

謝謝尚德《小丑不流淚》這本書，讓我們分享「關懷」，可能是人類最美麗的救贖。

珍視歡樂背後的價值

賴佩霞
《魅麗》雜誌發行人／身心靈導師

第一眼，看見尚德的純真，第二眼，看見尚德的善良，第三眼，尚德的哀愁與才華。任何細膩的文字都無法勾勒他以及他的表演。書，是尚德一份誠摯的邀請，邀請你一起走進他的人生以及他的藝術殿堂。我目不轉睛深受他存在的吸引，奔放、惆悵、戲謔、掙扎；一個優秀的肢體藝術表演者，豈能只是從文字切入，這張臉譜，蘊藏了多少孤獨的歲月與生命省思，看似遮蔽面容的白色粉墨，卻也是他勇敢展現內心脆弱的出口，而筆下流露的，盡是他心底層層交疊的力量所在。

小丑必定了解哀傷，行腳必定貼近孤獨；因為哀傷、因為孤獨，更能珍視歡樂背後純真、善良的價值。流過淚的小丑……必然精采。

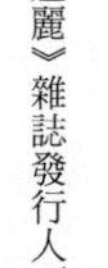

一個真正的「旅行者」

郝譽翔　作家／國立台北教育大學語創系教授

這本書記錄的，已經不只是「流浪者」的異地行旅罷了，還是一種生命態度的實踐，自我的重新省視與發現，就這個意義而言，尚德可以說是一個真正的「旅行者」，讓讀者也一同跟著他經歷了一段人生中奇妙的經歷，隨之歡喜傷悲，並且真正打開自己的心靈之眼。

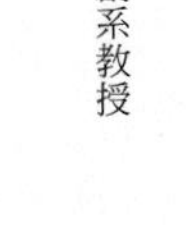

自序

孤獨，及其所創造的

（羅明達 攝影）

出走，會害怕嗎？

二〇一一年雲門流浪者計畫，我以默劇出走的形式獨自走過中國二十幾個縣市鄉鎮。出發前，我的工作與生活全都陷入瓶頸，負債累累，與家人關係也降至冰點；三個月的行走，那自幼便在我生命中反覆出現的不確定的旋律更有如心魔般地緊緊跟隨。旅途一半，因為疲倦和茫然，我癱坐在成都街頭，臉上已經戴了五個多小時的小丑默劇妝被淚水與汗水刮花，滲入眼睛裡的油彩刺辣辣地逼我緊閉起雙眼，世界陷入一片短暫的黑暗中。這趟出走的意義到底在哪？更多實際的問題橫擺在旅程終點線之後，那是無法拖延的現實。儘管帶著恐懼，我最終還是睜開了眼，起身，面對民眾打量的目光和耳語，挺起了骨幹，用僅存的氣力在臉上開出一朵微笑的花。我以為，那幾乎是我四十年生命的寫照。

大理洱海，一名退休的老師跟隨我幾場演出後，送給我一番語重心長的迴響。她說：「孩子，你就像個帶著藝術之魂遊走四方的俠客一樣，臉譜是你的面具，你走進人群，帶給觀眾歡樂與驚喜，離開後，卸了妝，沒有人知道你是誰，掌聲不會跟著你，你選擇了一條孤獨的路。」這條孤獨之路，我的確走了非常長的一段時間。不是表演時把自己滾進泥地裡自娛娛人，表演後獨自收拾與現實的反差的落寞，不，孤獨也許是生來就帶著的課題，注定用一輩子時間與它相處。這個課題很龐大，但也因為龐大而顯得渺小，除非靜下來，你才看得見。而我的靜，卻總發生在默劇的表演當中，在那與觀眾互動時迸裂出的笑聲中。那是一種把自己由內而外極度翻拋出去的過程，在這種過程裡，寧靜會突然降臨，然後我看見自己的孤獨，如一片黑墨之中嵌著的透明狀態，清澈無比。

我體內潛藏的堅韌也許就來自這份清澈的孤獨，在堅韌之流裡，恐懼與害怕也許只是隨波被搬移的小石塊。成都那次起身後，我的步伐便沒有停過。二〇一二年，我開始在台灣這片土地上行走，默劇出走成為了我創作的主軸，也帶我走進許多豐富的故事及場景裡。而無論我走到什麼地方遇見什麼樣的人，我總會想起那個男孩，那個把我送回這個世界的擺渡者。

二〇一〇年，為了徹底面對童年的創傷，我做了一齣名為「孩子」的戲。節目冊裡我如此寫到：

「親愛的孩子，十二歲，你的身體被人強行打開，那聲虛弱求救，二十年後，終於被自己聽見。」

戲原本只是送給自己一次也許沉痛的療癒，然而演出結束後，一名陌生男孩的話語卻扭轉了這齣戲的意義。這名長相清秀的年輕男孩，在散戲後走到我面前要求擁抱我，在我耳邊說了這句：「謝謝你，你也講出了我的故事。」他看著我，眼眶裡翻倒出的淚水竟一舉把我帶出了過往自溺的人生。

隔年，踏著流浪者的步伐，我開始學習觀看這個世界，參與這個世界，試著跟著生命之流走。童年的創傷沒有消失，因為，在許多我駐留之處，在我有機會分享自己心路歷程的地方，總有著如那年輕男孩般的人向我說出類似的故事，屢屢刺痛著我。傷痛，不會消失，它長在我們的身體裡；然而，只要生命還在，它就能證明我們身體的承受度與包容力有多麼驚人。傷痛與孤獨一樣，是戲的核心，也是創造的起始，只要我們願意。

寫作這本書的兩年時間裡，我必須重新翻攪已經沉澱下來的過往，同時也面臨許多現實生活上急遽的轉變。兩年內，我相繼失去了母親和父親；而同樣的這兩年，我馬不停蹄地在世界各地走著，收穫了豐富的旅程。但，失去與獲得的真正意義，不到最終是不會揭露的。所以，繼續生活，繼續創造，繼續體驗，這也許是在書稿完成後，我所能做的。

感謝雲門，開啟了我這一路的精采。

謝謝佶洋、亞湘老師、敏惠老師、雅足姐、乃文，在我自法回台這十年的劇場行走間，給了我關鍵的機會與力量。

謝謝大東，這本書的第一頁是你替我翻開的。

承龍、鴻惠、家瑞、Betty、琍玲……三民的老師們，那幾年你們各種形式的接濟，我銘記在心。親愛的某那姆，郭怡孜，謝謝妳的友情與親情（也許是愛情），這幾年，我生命裡所有珍貴的時刻，都有妳的身影。

謝謝，這一路上推動我前進或轉圈或適時擊倒我的朋友，不管你／妳們的力道如何，都拓寬了我的生命河道，也印記了這個世界的精采。

第一章／山野的孩子

我們在兩道反光交錯的地方遇到
幸好我們遇到
不然我們分別墜向的那些墜落
那些分叉那些淩遲和延宕
就沒有這些等低的忘

——夏宇．〈同日而語〉

（沈惠齡 攝影）

我的左手掌突然多了一分溫度與重量。

我瞪大眼睛看著善平，強烈的不適感接著貫穿了整個身體。

善平的手，牽起了對默劇的愛好，也牽起了我內心潛在的恐懼。

我想要逃離。

夜黑，熱情的男孩看不見我的倉皇與尷尬，

但我卻清清楚楚在他的臉上讀到了一種幸福感。

夜，不夠黑。

面對桂山的擁抱，我完全不知所措。

飛機嚴重誤點。

廣州白雲機場的候機室裡，先前不斷高分貝放送道歉、更正班機降落、起飛時間的廣播不知何時停了下來，不再努力。距離凌晨十二點已經不遠，我跟廣播一樣，也放棄了。什麼都沒想。飛機深夜抵達南寧後的住宿？明天一早該如何轉車去大化？相關資料全被我粗心地留在家裡了。夜深，前方的落地窗外，除了停機坪上的指示燈無奈明滅，一片寂靜，沒有多的班機起降，見不到地勤人員的身影，空的舞台全讓給那已經遲到兩小時的 CZ3308。落地窗上嵌著的倒影是一排排等待的觀眾：沉浸在耳機世界裡的、手指在 iPad 閃亮螢幕上廝殺的、勤奮啃著油亮雞腳的；然後，還有像我一樣，直愣愣望著前方，看著時間自行生滅的。今天，二〇一二年八月二十一日。再過四個月，世界末日將要來臨。

旁座的小男孩撐不住濃重夜色，依偎在父親的懷裡一下便睡著了，一隻小小的腳順勢掛在我的右膝蓋上，沒人有異議。他咖啡色的軟膠涼鞋鞋面上，有個因毀損而被抹去大半身的卡通戰士圖案，乍看之下，戰士彷若於咖啡薄霧中隱現，手中武器沒懈怠，仍舊防衛著。

「各位旅客您好，CZ3308 廣州飛往南寧班機即將抵達。」

機場播音再起，一陣騷動迅速取代了持久的寧靜狀態。久候的人們和躺趴了的行李如獲新生，個個彈跳起來，充滿活力地紛紛往登機門移動。

「班機延誤對旅客們造成的不便，CZ航空公司向您致上最高歉意。」我狐疑地聽完整段廣播，總覺得還會有後續的發展；但沒有了，停機坪上果然開始熱鬧了起來。我伸展筋骨準備起身，幾乎同時，原來橫掛在我膝蓋上的小腳丫被拎了起來，鄰座的爸爸正一手抓起行李，一手抱起仍舊熟睡的小男孩，抖擻數下，往隊伍走去。看著爸爸的背影與懷裡的小男孩露出的雙腳，小小的腳，小小的咖啡色鞋，小小的戰士被呵護著，不用落地，很幸福。

我跟著往前走去。

默劇突襲

十幾個小時之後，我站在一座腰折的赤色礦山上，十尺長的藍布半綑在身上，偶發的狂風如果願意，可以輕易地將我向前捲下五層樓的高度，碎屍在崩落的礦石堆中。近中午的太陽已把我神魂晒到幾近蒸發，尤其歷經昨晚深夜抵達南寧時尋宿的波折和今早轉車至大化的長時間顛簸，體內儼然積攢出一包勞頓的火炮，隨時會被正午的烈陽引爆——我不斷看見自己從礦山上筆直墜落的畫面。位於廣西省會南寧西北邊大化縣城邊陲的這座山中小村，雖有來自山邊的勁風吹拂，仍沒能逃過八月的酷熱。烈陽盯哨，廣西喀斯特地形造成的「九分石頭一分土」的

位於廣西省會南寧西北邊大化縣城邊陲的這座山中小村，在烈陽盯哨下，喀斯特地形造成的「九分石頭一分土」的貧瘠感一覽無遺。

貧瘠感暴露無遺，在這座瑤族村落，廣西壯族自治區裡的瑤族社群，「少數民族裡的少數民族」裡分外明顯。

風不時挑釁著，烈日直射，我無法再優雅地站著像個雕像般等待，臉上的默劇白妝遇熱已經逐漸融化，再不想辦法，只怕會更狼狽。索性趴下來，先減少風阻，然後抓上藍布一端蓋著身體，暫避豔陽，讓剩餘的藍布順著礦山垂降，任其在風裡擺盪，像是長髮公主俯臥城堡的窗檯，我等待王子前來解救。

從藍布下，我終於窺見沿著田邊小路一列由身穿橘色醒目 T-shirt 的台灣志工團隊，以及拿著相機東張西望的龍萬愛心家園[①]小朋友們組成的行進隊伍。團隊早我一個星期抵達，在一名專業攝影師帶領及大學生義工輔助下，已經開始在愛心家園進行了幾天的藝術營隊課程。今天，是學生外拍的日子，為了要讓隔天才開始的默劇課先暖身，我和團隊負責人商量，抵達時迅速勘了一下景，便決定直接在戶外來一次突襲性的默劇即興表演，也充當小朋友的外拍 Model。

很快，隊伍已經接近礦山之下，手裡拿著募集而來的陽春相機的男孩女孩，好奇地從鏡頭裡打探這個他們再熟悉不過的環境。一個女孩抬頭注意到了礦山上的藍布，藍布下有動靜。

「上面有眼睛！」她大喊，聲音傳來山頭。

其他孩子循著女孩手指的方向探頭，發現目標後便紛紛拿起相機一陣狂拍。演出開始，我從容地從礦石上立起，明星的姿態。

那縷藍布在我手中一下子如蛇皮裹身，一下子變成衣裳，又隨興地成為了孕婦的肚子、懷裡的嬰兒、飛揚的花朵，直到我終究因為專注力及體力過度耗損，大意失足往後跌落，連尖叫都來不及便戲劇性地消失於那方寸舞台。所幸，後方一垛高起的石堆很快地就擋住了我向下滑的力道，石堆下方一株骨幹強韌的小樹叢順勢承接起摔成怪異姿勢的我。大難不死，我驚恐地瞪眼望著天空，意識到死亡擦身的恐懼。

忍痛整理好自己，又花了二十幾分鐘拐著些許扭傷的腳穿越人高的雜草堆爬下山，以一張已經被刮得花斑的默劇臉孔出現在孩子們的面前時，快門聲再起。賣命的演出激起這群山村小孩的好奇與興趣。透過黑白紅油彩構築起的臉譜，我努力展開笑容。

礦山旁的默劇課

默劇課程分配在每天上午三個小時，在校園唯一可以實行大班活動的水泥空地進行。兩年前，透過台灣一名社會公益家以及中國當地愛心人士的贊助，原本簡陋的校舍規模漸具，新落的水泥地則提供了老師和孩子們更多利用的空間。

第一天，當這群第一次接觸專業表演訓練的孩子們在我面前一字排開時，我終於有機會好好看看他們：

瘦弱的身形、骨碌的雙眼、混著髒汙的咖啡色皮膚，有的孩子臉上、脖子與臂膀都留著被隱翅蟲肆虐過後爛肉及白色藥膏混合不清的傷口。他們身上的衣褲，許多顏色與圖案都掉了，幾處經年的破洞，也早非層層補丁可以解決得了。腳上踩著許多尺寸不合的鞋勉強地（或許已成習慣）在水泥地上踩踏，整個腳掌隨著肢體的擺動前前後後吐吐縮縮，好不大方。走廊下，兩名學齡前的孩童就地坐著，掛著長長的鼻涕充滿好奇地看著我用動作解釋什麼是肢體默劇（聽都沒聽過的字眼）。

肢體默劇的重心在於力道的運用，我邊解釋著，邊在空間中畫出默劇裡拿水杯時手指、手掌、手臂甚至到整個身體的力量打出的線條。

「哇，好像武功喔！」小孩們開始七嘴八舌地討論起來。

這個基本的水杯示範總是可以簡單又清楚地傳達肢體默劇的精髓。默劇身體力道的運用，某個程度來說的確像功夫，舉重若輕、柔中帶剛。孩子們等不及我說開始，就以各自的方式在空間中抓水杯。力道，線條，幾個領悟力強的孩子動作已具雛型。剎那間，操場既像是擺滿了隱形杯架及水杯的廳堂，又像是一座練功場。有的孩子開始設計不同尺寸、重量的水杯，並且彼此玩了起來，想像力開始迸發。

「姚老師，你看小平用機械舞拿杯子！」

我的視線順著說話同學的手指方向，看見隊伍盡頭一名動作暫停著、滿臉尷尬的男孩。

蒙善平，六十二號，男，十四歲，四年級，單親。

蒙氏二寶

大山裡的家庭經濟條件不好，許多孩子即使到了適學年齡，仍會留在家裡幫忙幹活。愛心家園收留了許多家境清苦或是失去依靠的孩子，也提供了學齡前及小學一到四年級的正規教育。被送來的孩子入學晚，十四歲仍在念小學的情況相當常見。我看著這個個頭矮小的男孩，學校的戚老師在我旁邊補充說明，善平的機械舞是自學的。

「來吧，善平，讓我看看你的機械舞！」

不抵眾人吆喝，善平站了出來，沒有音樂，沒有節拍，矮小的身軀很快地丟掉了尷尬，開始在空間中舞出一道道身體的線條，震，抖，滑，甩，不盡然是我們認知的機械舞，動作也稍嫌粗糙，但他舞步裡展現出一種難得的勁道以及認真專注的態度，徹底吸住了我的眼球。

「任何情況下，ㄈㄚˋㄒㄧㄥˊ最重要！」

表演結束後眾人的掌聲稍停，一句話冷不防地從善平身旁另一名男孩口中說出，細細的聲線帶著一種刻意怪異的語調，迅速搶走了焦點。雖然不確定那疑似關鍵的兩個字是什麼，但從他的動作，可以猜出七、八分。這個身材相較之下顯得清瘦的男孩，左手正插著腰，三七步，頭微仰，另一手的指頭不斷撥弄著他掉在前額處那撮略帶黃色的頭髮。自在的神情，又不像是要和剛剛才接受完大家掌聲的同學較勁，比較像是一種不經意流露出的、自己認證的帥氣。他的動作（讓我聯想到楚留香）和語調（周星馳）實在太具喜感。我笑了出來。

「你剛說什麼？」我走過去。

「任何情況下，ㄈㄚˋㄒㄧㄥˊ最重要！」整套動作又重複了一遍。楚留香與周星馳綜合版無誤。

看著男孩扁塌的頭髮，由學校義工老師（或同學）操刀剪出的崎嶇「髮型」，額頭上不時掉出那一小截擺不定的瀏海。「ㄈㄚˋ型啊！」我瞇著眼看著他，學他的音調重複了一遍：「你叫什麼名字啊？」

「我叫ㄇㄥ，ㄍㄨㄟˋ，ㄙㄤ。」他刻意壓扁嗓子磨出了自己的名字。

「剛那兩句話哪學來的啊，ㄍㄨㄟˋ……桂山？」家園的戚老師及時在我旁邊補上了孩子的名字，但他似乎也對小鬼頭突如其來擺出的動作感到不解。

龍萬的孩子們休閒活動多半是看書、畫畫，或在操場上進行一些他們自行發想的遊戲。幾名從外地來的義工老師，則偶爾會播放電影給孩子們看。我想，桂山的動作，八成就是從哪一部電影裡模仿下來的。平常的他，在老師眼裡，個性文靜。誰也沒想到，在這校園有史以來第一次的戲劇課，就從這個突然蹦出來的搞笑動作開始，桂山被隱蔽住的表演欲望終於破土而出。

是的，他一發不可收拾。接下來的幾天，不管在課堂上、飯桌前、散步的田間小路、某個聊天的空檔，桂山將會不厭其煩地把「髮型最重要」整套動作瀟灑地置入，我私下稱呼他，楚留山。

為了配合攝影課程的設計，每天早上三個小時的默劇課結束，孩子們用過午飯及休息一個小時後，便會啟程前往攝影師選定的幾個場域進行分組練習。這天，我們走了約莫一個小時到一處已經關閉的礦場。大化縣位於紅水河中段，其實綠色的紅水河只有在洪汛期，才會因著上游挾帶下來的紅土轉變成如血的顏色。而以奇山峻岩聞名的喀斯特地形，則讓礦業及農林產業成為當地重要的經濟來源。我們所在的村子裡有幾處礦場，曾熱絡一時，但因為礦災頻傳造成不少礦工傷亡，近幾年，當地政府安全整頓，幾處礦場都因此關閉或呈現停工狀態。

沿著紅水河前進，我的身後，一個孩子正在向義工姐姐說起他的誰誰誰死在那座剛經過的礦場裡。我回過頭，孩子稚嫩的臉上有一種事過境遷的平靜。難以置信的平靜，說的彷彿是別人的故事。

抵達目的地時，我們將孩子分為兩組：拿著相機的同學為攝影組，而表演組則是我選出來男女各半的八名學生，準備將早上默劇課的內容統合，做為初次的戶外表演練習。幾名大學生義工和我在替四個自願先化妝的女孩上默劇的油彩時，活動達到第一波高潮。筆刷及油彩的觸感碰上了臉蛋，女孩子們邊笑邊吐出連串我們聽不懂的瑤族話，而旁邊看好戲的同學更是笑不可遏。

「姚老師，你幫我畫美麗一點啊！」天生輪廓美麗的妮妮，用著似乎有點使用過度、沙啞的聲音交代我時，我正在幫她塗上濃濃的黑眼圈。妮妮，我不確定默劇的妝符不符合妳所期待的美麗，但我盡量讓這兩朵黑眼圈圓滿一點。

「姚老師，這口紅顏色好漂亮啊，塗起來一定很好看。」妮妮看著我手裡換上的唇膏，眼中的光亮，不小心洩漏出這個正值青春期的女孩子心裡那幅正在構築的浪漫自畫像。

戰戰兢兢地畫完了妮妮，有點擔心她的浪漫幻想被我毀了。正猶豫要不要給她鏡子時，姑娘已逕自從我敞開的袋子裡拿了出來。

「真是太好看囉！」我還沒反應過來，小妮子已攬鏡自照，沉進了一個美麗新世界。（但我想她的重點是那烈焰紅唇。）

「下一個。」有了妮妮的背書，我看著等候已久的桂山，頓時有了很強的信心。

桂山是個天生的演員。天生，從化妝時他直接反射性的動作就可以知道。孩子化妝最怕眼睛與嘴唇部分，但這完全難不倒桂山。筆刷輕碰到上眼皮，他知道閉眼然後把眼皮撐高，方便我塗上油彩；幫他塗口紅，他會自動嘟唇、癟嘴，然後一面叮嚀我：「姚老師，要順著唇型畫喔！」我不知道在龍萬這個沒有太多外界資訊（更遑論是「美容」新知）進入的地方，桂山是如何說得出「唇型」這個詞語的。桂山愛讀書，休息時間不是拿著一本《三國誌》的漫畫就是拿著其他書看，但我實在不知道他老兄涉獵如此地廣泛。唇型！

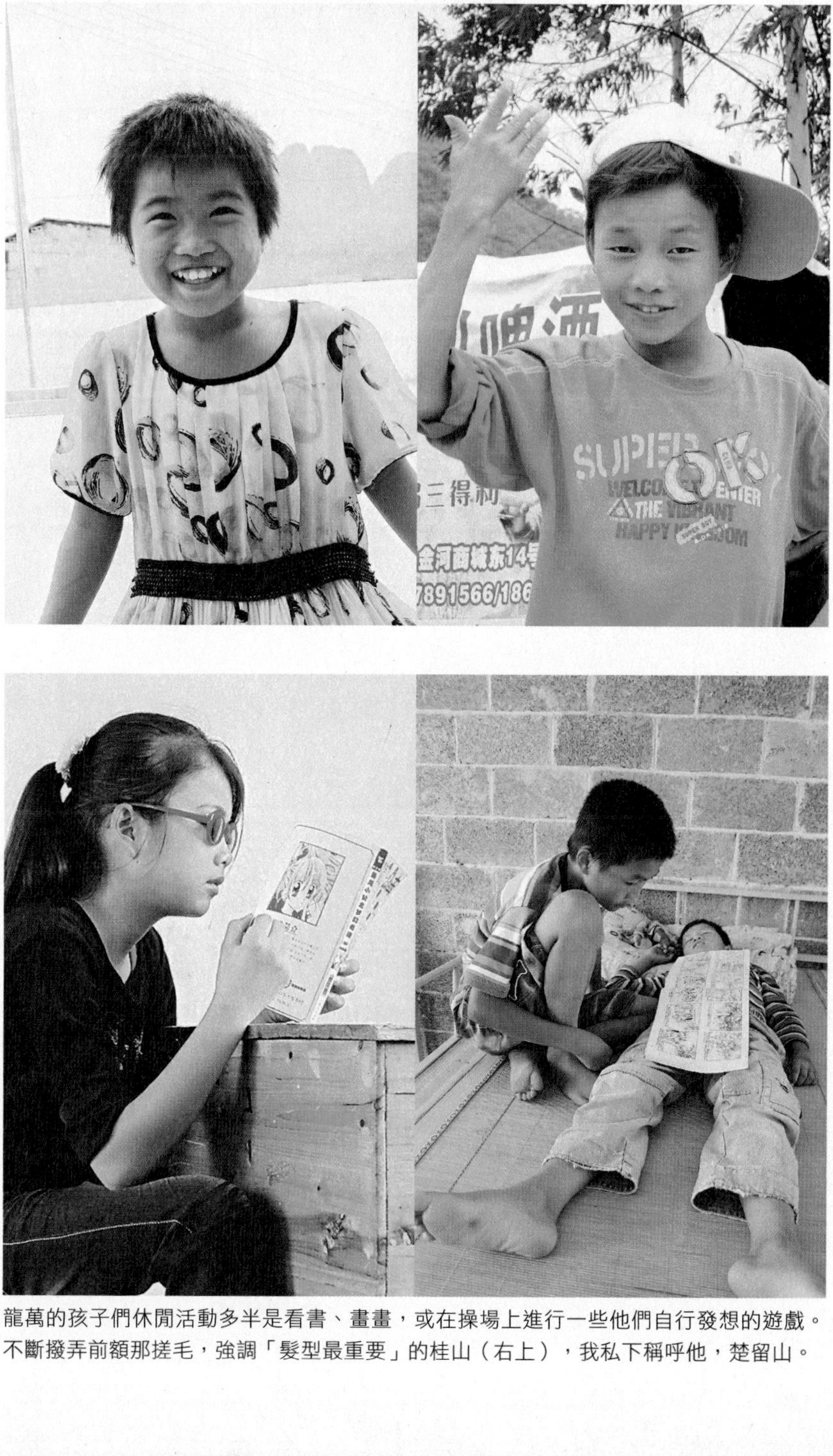

龍萬的孩子們休閒活動多半是看書、畫畫，或在操場上進行一些他們自行發想的遊戲。不斷撥弄前額那搓毛，強調「髮型最重要」的桂山（右上），我私下稱呼他，楚留山。

「姚老師，你有紙嗎？」他向我要了一張面紙，轉身，神神祕祕地。
禁不住好奇，我側身窺看他在變什麼戲法。天！這小孩用紙抿了一下唇，接著張開嘴試圖用紙將門牙上可能不小心沾到的唇膏擦去。動作完畢，他優雅地轉過身，將紙順勢放到我的掌心，雲淡風輕，一鏡到底，星樣十足。

迷宮裡的楚留香

八個人陸續上完妝後，我們讓包括桂山與善平在內的四個男生先上場。表演「迷宮」。畫了臉的小演員們在沙石地上，以身後幾座尚未被開採的礦山為背景，開始用默劇動作建構他們的迷宮。一堵一堵隱形的牆面，隨著四個演員的手勢在空地上被畫了出來。他們受困，試圖逃脫；他們爬牆，挖洞，撞擊；他們相遇，微笑，哭泣，一邊逃脫又一邊建造更多的牆面困住自己。有人合作，有人離開，有人繼續留著。留著的是善平與桂山，他們還在試其他可能。

我發現自己被孩子們的一舉一動牽引著。旁邊的觀眾，拍照的偶爾停了下來，義工、學校老師們則和我一樣聚精會神地觀賞著。善平與桂山兩個人表現出的特質完全不同：善平維持著昨天跳機械舞時的勁道，表情篤定，而這兩天肢體默劇的教學得了他的tone，他現在手、腳，甚至身體線條的變換及擺動都更細緻了點。桂山走的則是小丑默劇的風格。有了粗淺的訓練，

他已經抓到些許要領並且自己發展出許多誇張的動作與情節，尤其能戳中觀眾笑點。比如他突然走近，對著大家面前的一扇隱形牆面，旁若無人地作勢脫了褲子就上起大號來（是的，迷宮裡也會有內急的情況。面對我後來的質問，他是這樣為自己解套的）。但桂山一系列的動作裡，每個步驟鉅細靡遺，表情生動到位，空曠的礦場，爆出觀眾的笑聲。小子見眾人反應熱烈，自鳴得意，緊接著將左手插入腰際，右手揚起，嘖嘖，我知道這位老兄要幹嘛了。蒙大俠的招牌動作出爐，蹲廁版的「任何情況下，髮型最重要」。然後，他可能害怕只有動作大家認不出似來，接連撥了七、八下頭上那撮其實不算太豐厚的毛。

「蒙，桂，山！你那套把戲，我看膩了，換點新的！」我實在忍不住對他咆哮了一下，好氣又好笑。

男生的演出獲得了極佳的迴響。家園的負責人班老師一個箭步就跑來對我說：「姚老師，謝謝你，發掘了這群孩子的表演天分。」

平常在男生群中常被忽略的桂山，尤其讓老師們感到驚訝。因為體型瘦弱，家園裡面很多搬重物或電工的勞力工作都沒他的份。我想，他會埋首《三國誌》裡也不是沒有原因的。

戚老師，來自北京的長駐義工老師，眉開眼笑地來我身邊：「桂山真是太寶了，沒想到他那麼搞笑！姚老師，你收桂山為徒吧。」一望向還沉浸在掌聲中臉上仍舊保持完美彩妝的桂山，坦白說，我看到了幾分年輕時的自己：那個在別人掌聲中才有自信，藉由搞笑來掩飾尷尬的自己。但往事不堪，我希望，桂山不是我。

四點，隨著天光漸收，整片礦場滲出了一種詭異的紅銅色調。攝影師顯得焦躁，孩子們手上拿著的陽春相機勢必沒法駕馭光線不足的情況。

我心裡有底：相較起來，四名女生對於表演的態度多半是出於好玩，她們對於化妝的興奮可能更勝於表演。看著女孩們臉上的油彩因為等待時間過長逐漸花了，我決定速戰速決，選了平地上一處約莫兩個人高的礦石當作女孩們的背景。那嵌著數道刻痕的沌黃巨石，就像是一座雕刻未完的大型作品，不明原因地被丟棄在這。臨場，我給了女孩們一個簡單的指令：四個人可以做任何想到的動作，但怎麼樣都不能離開這塊石頭，當然，也不能講話。

站立在石塊前，女孩們突然察覺到自己將要在大家面前表演，開始不知所措地彼此推諉起來。四個瘦長的身軀在巨石旁扭捏嘻笑，一旁，老師們有點急了，攝影師應該也急了，而我更不用說，看著迅速轉暗的天空與持續嘻鬧的女孩們，一股急躁衝上心頭。

但我壓制住任何舉動，繼續等著。女孩們似乎察覺到周遭氣氛的僵滯，逐漸收起原先的嘻鬧。我繼續等著。她們之中，有人用手在空氣中抓了一個杯子。是姍姍！其他三個人竟也開始默默地跟進，模仿起姍姍的動作。然後，四個女孩陸續將身體貼向後方的石頭，開始進入了表演狀態。她們喝水，拿壺，倒滿水，再喝；有人嗆到，有人將水潑到對方身上，有人提起了地上的水桶……

女孩們找到了表演的趣味，開始玩著彼此相黏、分開、拼貼、拉扯的遊戲。

我走過去，決定介入指導。

「水杯變成水桶，它的重量怎麼樣？一個人搬得起嗎？還是需要兩個？全部？水桶裡有什麼？不急，慢慢來。」

妮妮拿起了水桶中的抹布，擰了一下，開始擦拭起身邊隱形的家具。

幾台相機的閃光燈陸續打開了，劈哩啪啦地閃著。

眼前，一幅沙畫緩慢成形，畫裡浮現四個女孩美麗的身影。她們刻意緩慢地翻著書頁，然後，有個拿起了鏟子，有個試圖爬上石頭，有個則消失在巨石替代的牆面之後，再出來時，懷裡多了個嬰兒。我凝神屏氣，欣賞著這一幕。女孩們找到了表演的趣味，開始玩著彼此相黏、分開、拼貼、拉扯的遊戲；同時，仍試圖將方才可能只是拂略而過的幾個動作重新演練一遍。抱著嬰兒的女孩再度消失於石牆後面，再出現時，嬰兒已不見蹤影。我正想探頭往石牆後方望去，但突然間，女孩轉為一種老婦的姿態，離開了原本一直黏貼著的石牆，往前走，隔絕開了另外三位的表演空間。

接著，出乎意料，她彎下身，竟然慢慢地倒趴在沙石地上。幾台沒電的相機退出了閃光的行列。我深呼吸，靜靜等著故事的發展，只見第二個、第三個女孩也離開了石牆，加入了第一個女孩的行列。她們幾乎不假思索，沒有多餘戲分，緩緩地就這麼一個趴伏在另一個身上，直到最後三個堆疊出一座詭異的塔，映著身後那座土黃巨石以及逐漸消失的天光，彷彿被誰遺棄在這片荒土之上。唯一站著的女孩，只是觀望。

我紅了眼眶。

是「宿命」嗎？如果要給女孩們的演出一個抬頭。

幸福的夜路？

步出礦場時，天已漆黑。幾名義工拿起手機充當光源照著回愛心家園的路。畫著臉的男孩們趁黑沿路扮鬼嚇人，高分貝的嚎叫聲不時傳來。女孩們雖已卸掉了大部分的妝，卻一致地獨留口紅不願卸去。她們說，這樣很漂亮。那鮮紅的唇膏，暫時點綴了她們的青春欲望。

沒有路燈照明的夜路難行，孩子們的笑語卻成了清楚的標誌，拼接出長長的一條音軌讓彼此依循。

「姚老師！」男孩的聲音出現在我身邊。低頭，善平那張白色的小臉對著我，黑色的眼圈比黑夜還黑，紅色的唇則岔出了幾條分支。「我好喜歡默劇！」他突然以一種甚為堅定的語氣仰著頭對我說。

「嗯。」我為自己脫口而出的冷漠回應感到詫異。善平走在我身邊，似乎沒有聽出什麼不對勁，只是不斷比畫著動作，舉手投足都似乎想要得到我的認可。他說喜歡的是默劇，但為何我從他的神情裡讀到了其他多餘的情感依附？是我想太多？

右側，那座開墾未竟的礦山在黑暗中隱隱約約，有多少喪生在礦災之中的靈魂正看著我們？小小的善平必須刻意壓抑住雀躍的步伐，才能與我同行。然後，我的左手掌突然多了一份溫度與重量。

我瞪大眼睛看著善平，強烈的不適感接著貫穿了整個身體。善平的手，牽起了對默劇的愛好，也牽起了我內心潛在的恐懼。我想要逃離。夜黑，熱情的男孩看不見我的倉皇與尷尬，但我卻清清楚楚在他的臉上讀到了一種幸福感。夜，不夠黑。

望著前方，一股沉重的疲倦感襲來，回家園的路還有多漫長？如果不怕傷害孩子的話，我會甩開拉著我的這隻小手。如果殘忍的話，我會迅速離開。

有些關，我想，依舊沒有過去。

黃黃的，我的頭髮，不好看

教室裡，桂山對著鏡子，頭偏過來側過去，就是看不出個所以然。我暗自期許不是這三天上妝演出的體驗強化了他的愛美天性。試探地問，怎麼樣？你的髮型？ㄈㄚˋ，學他加重發四聲。

「姚老師，為什麼我的頭髮這麼黃啊？」

不對，語氣不像是在耍寶。

「黃黃的，我的頭髮，不好看。」他加重了語氣。

昔日被列為「廣西省貧縣」之一的大化瑤族自治縣，儘管近幾年試圖翻身，不斷開發與建設，但位於邊陲山村裡人民生活的情況似乎仍未得到改善。龍萬愛心家園的經營及維持不易，來自外界的援助便成為生存的重要依靠。學生每年的保險費用、課本文具、衣褲鞋子、生活用品、每日食用的大米，甚至升上中學的幾名學生的生活補助等等，都需透過募集得到。家園雖然有自耕農作，餵養豬、雞，但這些收入對於擁有近百名兒童的家園來說，只是杯水車薪。

每日吃飯時，課桌椅充當的餐桌上，一定有一大桶容易飽食的米飯、一大桶菜湯（湯也易飽），而偶有的碎肉及肥肉，則成為孩子們碗裡的寶，飯變得格外美味，吃得連眼睛都會笑。

愛心家園的經營及維持不易，每日吃飯時，偶有的碎肉及肥肉，成為孩子們碗裡的寶，飯變得格外美味，吃得連眼睛都會笑。

這樣的條件下，的確，吃飽是首要，至於營養均衡、食物的多樣性則是無法顧及的選項。在家園裡，像桂山一樣十三、四歲還在就讀小學四年級的孩子為數不少；不說年紀，光看外貌及身形，很難想像他們都是正值發育期的少男少女。

桂山的黃頭髮，不是特例。在食物營養失衡，尤其蛋白質缺乏的情況下，黃棕色的頭髮成為了大多數孩子們的特徵。看著我的面前拿著鏡子對自己充滿疑惑的桂山，我實在不知該如何回應。你要多吃點飯？不要偏食？還是直接說明事實？你營養不良。你們都一樣。

「我覺得黃黃的頭髮很好看啊。山。」

「哪有？不好看的！」

「唉喲，不錯了啦！你還有髮型可以變化，你看我連頭髮都沒有耶！」我摸了一圈自己的三分頭，用乾笑掩飾無以為繼的回覆。

我不確定是否聽到桂山輕嘆了一聲，但他放下了鏡子，沒有對我的話做出任何回應。他接著伸了個懶腰，二話不說逕自跑回座位，拿起那本已經翻爛的《三國誌》圖畫書，低著頭靜靜地讀了起來。略微泛黃的頭髮又扎了我心口一下。

課程最後一天，大夥們已經疲態俱露。事實上，連續五天，早上三小時在操場上進行默劇課，下午又配合攝影課程加入表演外拍的需求，不只是我們這群都市來的大人，就連山裡小朋友體力上也產生負荷，上課開始分神，動作也變得敷衍。每年暑假，龍萬的小朋友會迎接一批批從各地來的大學生義工團隊，每個團隊（多為服務性社團）停留的時間不一，帶來的活動則多半具課輔性質，以配合家園內學生常規的學習課程。這次，帶團的攝影師立意良好，希望以兩個星期專業的藝術課程，帶給小朋友們不一樣的體驗。

默劇課的最後一天，天空萬里無雲，太陽顯得格外毒辣。我刻意縮短了早上的課程，讓小朋友們，也讓自己和幫忙的大學生義工們可以喘息。下午，攝影師要帶隊到附近林場進行最後一次的表演及外拍練習。每週，班老師會帶著學生們到林場撿拾木柴，當作家園每日烹煮食物的薪柴用度。

午覺過後，我讓小朋友先在教室化妝，以免等會到了林場耗費無謂的時間在太陽下曝晒。學生們還睡眼惺忪地，就被催促著做外出準備。善平在午睡時間，早就要求我幫他化好了妝，現正在外面暖身著。我則忙著尋找桂山的身影。這幾天，桂山與善平儼然成為了龍萬官方指定的演出者，連續幾天外拍的演出都會有他們，尤其有了小丑桂山就保證會逗得大家呵呵笑。最後，義工們在教室的長板凳上找到了橫躺著休息的桂山（身寬和板凳寬相合無間）。折騰許久，他才願意坐到我的面前。我用濕紙巾幫他擦了一下臉，開始化妝。為了搶光拍照，攝影師反覆進來教室詢問我什麼時候可以出發。但看著筆刷下的孩子，黑色油彩畫成的兩團眼圈好像把他拖進更濃的睡意裡，我突然很不忍心。

「姚老師，我頭好痛。」在補上最後的口紅時，桂山皺著眉頭開口說話。

「怎麼啦？」

「我頭好痛。」他語氣薄弱，作勢倒回板凳上。

怕是中暑了。連續幾天在操場、礦場、稻田間頂著烈日密集地活動，而畫在臉上的油彩堵住毛孔，對於不習慣的孩子們來說很不好受；尤其，在烈日下表演，如果水分補充不足，很容易中暑。

我們第一次嘗試這樣合併式密集的藝術課程，一頭熱的情況下，很多疏失當下並未察覺；而山裡的孩子們也因為首次接觸這樣的活動，即便身體上有一點點的不適也很容易被興奮的情緒所掩蓋。

教室裡只剩下我和桂山，其餘同學正在外面整隊。攝影師再度進來關切，我問是否能再晚一點出發，已顯不耐的攝影師只冷冷地回了句：「那他不要去好了。」

歹戲拖棚

我想，不去也好，這幾天也累著桂山了，何況現在還有中暑的跡象。然而，攝影師那句突如其來的話成了一種威脅，刺激了桂山。只見他立即坐直了身子，透過黑眼圈看著我。

「姚老師，我想要畫不一樣的妝。」

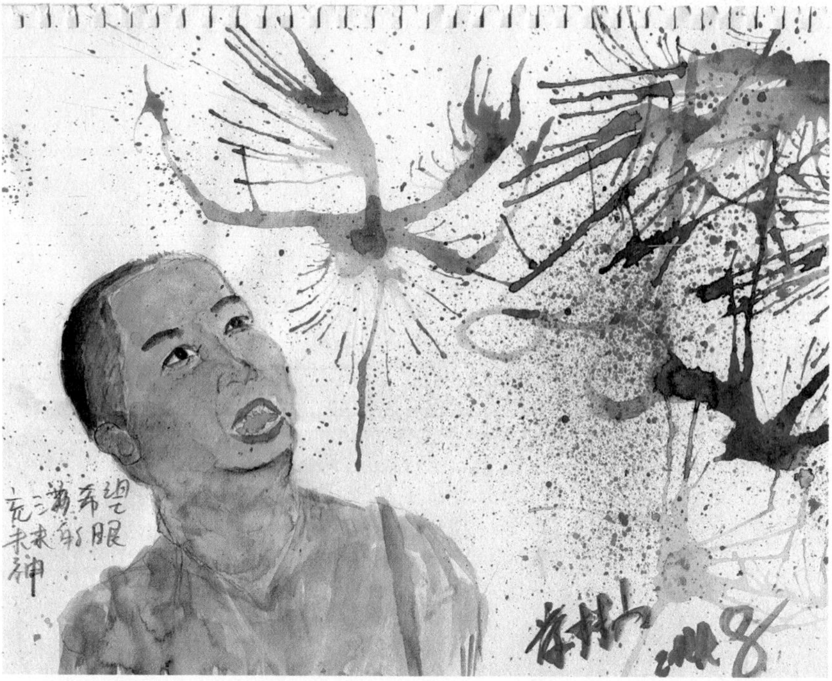

桂山筆下的我。

「啊？為什麼？你還想去嗎？」我對他過度跳躍的思考感到訝異。

桂山沒回答。我不確定他心裡在想什麼。

連續幾天，幾個對默劇格外有興趣的孩子利用課餘之暇都會比拚當天學到的動作。校園裡不時出現許多被塑造出的隱形物件。而看到誰做了一個什麼動作，認真的善平一定馬上挑戰，但反觀桂山，通常都只是觀望。我不確定他是因為被攝影師的話刺激到了，還是怎麼樣，但他只是拿起我的鏡子照了照自己的臉。

我跑出去與攝影師商量了一會，回到教室再問山一次：「你想去嗎？身體不舒服，不去沒有關係。」他點點頭，然後又說了一次：「我想要有點不一樣的東西。」我拿起畫筆，在他嘴巴旁邊點了個偌大的三八痣。

儘管看起來身體不太舒服，桂山還是沒忘記要檢察一下鏡子裡自己的妝容。我們接著走出教室，跟上隊伍往山上的林場出發。

一路上，同樣上了妝的善平充滿活力且自得其樂地邊走邊演。他一下子躲在草叢裡扮演一朵花，一下子站上泥土丘扮演一條蛇，舉手投足動作的純熟看得出他這幾日下的苦功。

攀爬至林場一處視野開闊的空地後，大夥停了下來。坡度陡峭的林場是當地居民經濟來源之一。砍伐下的木頭被一車一車地往山下運送，不但加工成家具，樹皮更可以做為製作紗紙的原料，經濟效益頗高。為了符合攝影師追求的「效率」，我們決定重演第一天在礦場上呈現的主題：迷宮。

善平與桂山眾望所歸地成為唯二的兩個男生表演者。在選定一段斜坡當作舞台後，兩人登場。桂山在高處，善平在低處。午后，藍天白雲映著滿是落葉枯枝的黃土坡，坡上兩個戴著白色臉譜的小演員在灑落的陽光裡，畫面十足張力。場邊，幾台先行偷跑的相機早已情不自禁地拍攝起來。

表演開始。善平與桂山果真不負所望，使出渾身解數地嘗試把幾天來學到的默劇技巧應用在自己即興發展的情節中。迷宮裡於是出現圓的、凹的、厚的、薄的，甚至不同材質的牆面，以及各式各樣可以擊破牆面逃脫的工具。

善平每換一次工具，身體的線條與力道的使用也會跟著巧妙地轉變。而身體狀況看似好轉的桂山也不遑多讓。雖然，在肢體的力度與線條上，桂山不似善平那樣俐落，但他豐富的想像力及喜感，讓迷宮成為了一個有趣的生活空間：可以在裡面吃東西、打瞌睡、看書，甚至也可以從半空中抓起一條繩子，或爬、或盪、或綁在自己身上，在迷宮中暢行無阻。當然，一些比較難登大雅之堂的動作如上大號、挖鼻孔，這位桂山兄也無一掛漏。短短不到十分鐘，場上兩個演員盡力拋出自己所有的可能；舞台上，一重一輕、一嚴肅一滑稽，兩種完全不同的表演質感各據一方。

其實，光看桂山與善平這幾天來的努力，我已經相當滿意了。但，對這兩個具有表演天分的孩子來說，我當下希望看到的反而是他們第一天在礦場表演時那種與彼此玩耍、探索的互動。太過於表現自我的兩個人，忽略了舞台上彼此的存在；觀眾在看完他們各自耍了一套精采戲法之後，竟然又重複一樣的表演時，顯然也失去了注意力。斜坡的限制很快就耗盡了桂山與善平的體力，幾分鐘後，演出節奏急轉直下，他們的動作開始敷衍。

這很自然，畢竟兩個人並非專業演員，接觸默劇的時間也只不過區區五天而已。其實，他們做到的，已經超出我預期太多，但是，我決定再等待一下。

桂山與善平還是沒發現對方，兩人繼續掙扎了好幾分鐘，而表演仍不見起色。這時，擔任團隊負責人的攝影師一句冷冽的話穿入我耳中，我不敢置信地回了他一眼白，頓時怒火中燒。

歹戲拖棚，他說。

對這趟藝術課程之旅，我突然充滿了質疑。可能是被攝影師的話刺激到了，我走向前去。

「桂山，善平，你們兩個如果在迷宮裡相遇了呢？」我給了第一個提示。

「很好！」兩個男孩終於很快地就找到了彼此。「再試試看，把對方的身體，當作可使用的工具，幫助你們逃出迷宮。」

攝影師已經轉身背對舞台，拿著他的專業相機，開始拍攝起遠處的風景。舞台上，則還有兩個人在努力著。

他們背靠背，互相給予重量，又彼此拉扯。

他們拔河，隱形的繩子斷了，沒有輸贏。

桂山翻了個筋斗躲入枯枝堆中，

善平翻了個筋斗尾隨在後。

他們如對鏡，相視。

就這樣，沒有更多的發展，甚至沒有明確的收尾，兩個人陸續坐了下來，氣喘吁吁。戲結束了。

我給予了最熱烈的掌聲。

畫了臉的小演員們在沙石地上，以身後幾座尚未被開採的礦山為背景，開始用默劇動作建構自己的「迷宮」。

藝術可以改變什麼？

晚飯後，大部分的同學都到了操場上打球，做運動。我坐在走廊上看著他們，也試圖問自己這一個星期以來，給了這群孩子什麼？他們真的需要藝術嗎？默劇又可以改變什麼？藝術進入偏鄉，真正的意義到底是什麼？是讓偏遠孩童接觸藝術，還是以此之名成就藝術家自己？攝影師那句「ㄎ戲拖棚」刺在我的胸口，讓我很不舒服。難道，他的鏡頭下不能夠有不完美的表演與疲倦的真實紀錄嗎？而在他的眼睛裡，難道看不到孩子在過程中努力的可貴嗎？

幾公尺遠的地方，善平正在藉著一條隱形繩索，把自己一步一步地拉送到我面前。他臉上還是不肯卸掉的默劇白妝已經走樣了。我起身，拉起繩索另一端，跟他玩了起來。明天，我將離開這裡。原本承諾攝影師續留一天，但我覺得沒有必要了。

聽說，每一次義工團隊離開時，孩子們都要抱著義工們，哭著不讓他們走。孩子小小年紀，經歷過家庭裡的生離死別，每年暑假還得接受一次次這樣戲劇化的道別，真是折磨。團隊還會繼續在這待幾天，但我害怕一個人承受這樣的場面，所以事先離開的消息，只是匆促地告訴了家園的老師，並叮嚀他們不要告訴小朋友。

臨走前，我卻想與桂山說說話。學校的老師們不只一次地告訴我，這個禮拜他們看到的桂山和過去都不一樣，「特別的開心、特別的有自信，整個人發亮。」他們說，「姚老師啊，如

果你可以常常來的話，讓桂山跟著你學，當你的徒弟，那真的是他的福氣。」

我不確定是誰的福氣，其實，我也不確定，表演是不是最適合桂山的路。一天下午，我們走在往水稻田的路上，我問桂山，有沒有想過以後想做什麼？

「我想當科學家。」他回答得很堅定。

「科學家啊？為什麼？」

「因為可以幫助很多人。」

「可是，要當科學家，你功課可能要好一點喔。看得書要夠多。哎，你考試成績怎麼樣啊？」

「不太好。」

「那加油吧。」

「如果科學家當不了的話，那我就當默劇演員好了。」他不假思索地這麼回應。

我沒好氣地說，大哥，你也太快放棄了。但沒說出口的是，桂山啊，默劇演員能不當就不當吧。因為，在你旁邊的這位，連來一趟廣西的花費都還是跟朋友東籌西借的。桂山的確有驚人的表演天分，但他的年紀還小，就算不當科學家，在演員的選項之前，還有很多發展的可能。一切都過早論定，但也許，日後，我們可以給予他可能的輔助。

要接我們回旅館的出租車應該快來了，我必須與桂山說到話。我刻意鬆掉手中的隱形繩子，善平的反應極快，馬上作勢跌了出去。我過去扶起他，給他一個鬼臉，接著，用默劇的誇張手勢揮手向善平說再見。好徒弟！我心裡這麼想。

桂山在教室裡畫著畫。我走到他身旁，突然不知道該說什麼好。桂山抬起頭看了我一眼，又繼續回到畫裡，也沒說話。

我輕輕地離開他，轉向同在教室裡的班老師與戚老師，小聲地跟他們告別，怕桂山聽到。尚德，車子來了！義工們回報著。走出教室，拿了行李，跟義工們一起走出大門。操場上的小朋友很可愛地拉著我們的手一邊喊著：「哥哥姐姐，明天見！」但，明天不見的，只有我。

不知情的小朋友繼續送我們出大門；突然間，我的腰被一雙小小的手臂從後面勒得死緊，緊得我需要費好大的勁，才能看見身後的小毛頭是誰。

戚老師不忍心，把我要離開的事實告訴了桂山。桂山一聽衝了出來，就這麼緊緊地抱著我。但是，他這突如其來的舉動，卻讓我完全不知所措。我下意識地試圖拉開桂山的手，但他卻把臉埋得更深。戚老師在一旁也慌了，不斷和桂山說，桂山，姚老師會再回來的。我也慌了，對著看不到臉的桂山說：「桂山，我明天會再來。」當然，那是個情急之下產生的卑劣謊言。桂山當然不相信，弱小的身軀竟然還有力量把我勒得更緊，緊到我甚至以為他是刻意開玩笑，直到一名義工用手向我示意：

桂山在哭。

午后，藍天白雲映著滿是落葉枯枝的黃土坡，戴著白色臉譜的小演員在灑落的陽光裡，畫面十足張力。

三十五號，蒙桂山，男，十三歲，四年級，父母雙亡。

坐在飛回台灣的班機上，我不斷責怪自己。那天，在礦場回家園的夜路上，善平牽著我的手，我不忍甩掉；但在離開家園時，我最終還是硬生生地撥開了桂山的臂膀，幾乎是以逃跑的方式跳到車上，讓車子載著離開，頭也不回。

明天，明天我要打個電話回家園，了解一下狀況。我要和善平說說話，然後，跟桂山說，對不起。

希望他一切無恙。

【注釋①】：龍萬愛心家園：由一位瑤族的班愛花老師所創立。當初只是回鄉探親的她，見到了村子裡兒童失學的情況嚴重，於是放棄了自己的事業，回到家鄉開辦了龍萬教學點。龍萬一方面免費提供孩子們（孤兒、單親或留守兒童）的生活照顧，更肩負起學校功能，提供學前至小學四年級的正規教育。家園經營除了靠少部分自產的農作物販賣所得提供外，主要依靠外界資助。二〇一二年，礙於當地政府教育法規限制，教學點資格不被認可，註冊未果。學齡後的兒童一律被送往附近正式小學就讀，龍萬則仍以愛心家園之姿，提供近百位兒童住宿、課輔資助，並成為孩子們的精神堡壘。

第二章／五夜巴黎

我感到非常非常孤獨，並且應該
與什麼一樣，本能的相互尋找
碰觸彼此的憂傷、彼此的光亮
然後擁有更多的快樂
完整的黑暗

輕輕頂住，我以及我的光
那生殖的氣味
正在相互激盪呼喊

——凌性傑・《有信仰的人・螢火蟲之夢》

二〇〇〇年春天初到巴黎，
第一次出國的我，面對這座突然從書本裡跳出來的城市，
那氣味、陽光、石子路、一個個經過身旁的人，
陌生卻又緊緊圍繞著，是無法一個翻頁的動作就闔上的。
突然，我意識到，
啊，這將是我接下來生活的城市，
另一種語言，另一種文化，也許另一種思維，
沒有美而美與豆漿燒餅，一切即將從零開始。

橘黃燈泡裡，被點燃的鎢絲發出低頻的哀鳴。

ㄣ……ㄣ……聲音從燈泡沿著天花板走。

不知道是第幾次醒來，身體像是拖著一個沉重久遠的夢，久遠到雜揉了過多真實呼嘯而過帶起的塵屑與汙泥，夢境的源頭究竟是什麼也憶不起了。只有此刻，穩定低鳴的聲音，橫過天花板傳到了右手邊緊貼的木板隔層，像是一個新誕生的小小生命體，爬上了我所躺的這座堅硬木板床、滿是黴菌氣味的被褥與枕頭，爬進了我的耳朵，接著死去。我就這樣看著聲音依循同樣的軌道生滅，一種奇妙的觀賞樂趣；然後，我的眼睛再度轟然閉上，意識被擋在身體之外，在現實或夢境之中，不得而知。

恍惚間，我見到了瞬，那個日本漫畫《聖鬥士星矢》裡穿著仙女座青銅聖衣、帶點女性易感特質與面貌的主人公之一。他細緻（後來被描繪成粉紅色）的戰衣及那可突破時空屏障的武器——星雲鎖鏈，是我對於英雄投射的理想裝扮，超越了《太空超人》裡戴全罩式安全帽、赤手空拳打怪獸的金鳳，以及金色俏麗捲髮花仙子與她胸口的呼啦呼啦變身（其實只是變裝）器。星雲鎖鏈曾經讓錯亂於敵人魔幻陷阱裡的瞬，在千鈞一髮之際殺出一條時空通道回到現實之中，也曾隔空一把拆下教皇宮裡假教皇的面具（多驚心動魄！）。想想，如果，糾結於許多混沌不明的回憶或精神狀態時，或像現在這樣一個力量與方向被剝奪的時刻，有那一副透亮犀利的鎖鏈，帶著強韌且清脆的金屬聲穿越層層烏雲……

我就這樣想起了瞬，也許，還有他的哥哥，那個神祕的、遙遠的、帥氣的不死鳥一輝，他總是浴火重生。

有人在說話。

不，事實上（或想像上），它就在我的下腹部，不單是聲音，是個翻滾著一小團辨不清的字詞、不規則的氣息與聲響，濃厚又飄忽，一股熱氣旋逐漸增強。睜開眼，又是那片有音軌繼續行走的天花板，那顆包裹著透明面罩的太陽，輪迴似地把不屬於我的場景強迫輸入。然後，我該預期到的，那股黴菌氣味鋪天蓋地而來，很快地塞滿鼻孔及口腔。我到底在哪裡？

有座光禿禿的山在我的下腹部，隆起又降落，好像縮時了幾億年的地表運動。低下眼簾，想用手觸碰那座山頭（竟是一個人頭？），等了幾秒，確定自己的身體跟不上腦子，但我卻感覺得到，真真切切感覺到，那山頭下，有道迴旋氣流，混濁地、強悍地，甚至天殺地、認真地，將要席捲我的整個生命，把我已經上色的過去與未來全部洗掉。

如同颶風肆虐，摧殘殆盡……

我痛得幾乎昏了過去。

瞬、金鳳、呼啦呼啦的花仙子啊，其實離我很久遠了，那個十二歲的我，也離我很久遠了，

天空無星無雲，只有一只嗚咽的燈泡，木製天花板，鎖鏈要拯救的，到底是過去的還是現在的我？

鬧鐘沒響。我眼睛直愣愣地，傭人房上了焦糖色保護漆的木製天花板，急促的氣息在耳邊迴盪，回過神，自己躺在一身汗裡。鬧鐘的確沒響，起身檢查後，設定的時間沒到，我躺回床上，身體有點虛弱。

從斜屋頂半開闔的天窗外灑進的晨光，經過一串懸吊著的衣架子，在牆壁上剪出美麗的幾何光影，光影隨著吹進的風輕飄飄搖晃著，像隻小船，把我的意識從遠方緩緩地載回來……

剛才，是場惡夢，一場被遺忘在記憶深處的惡夢。

夢裡，我看見過去的自己看著現在的我，欲言又止。

第一夜 二〇〇〇～二〇〇一

這間位於巴黎西南近郊布隆尼・畢昂古（Boulogne-Billancourt）十坪大改良式的傭人房（chambre de bonne），是雅慧和我參觀了幾間恐怖的租房後遇到的寶。房間雖然位於無電梯的公寓五樓，格局也小，但該有的設備：浴缸、小廚房、洗衣機以及喀啦兩用沙發床（clic-clac）、電暖器、書桌、置物櫃應有盡有。

傭人房，顧名思義，傭人住的。這十九世紀巴黎城內中產階級式的建築格局，將當時主人與傭人的生活空間階級化地區隔開來——當傭人們在衛生條件差勁的房間裡對抗著鼠患及疾病時，那些剛卸下宴會華服的主人們早已在一晚餘下的豪奢氣味中進入夢鄉。漸漸，隨著時代及社會需求改變，傭人房開始對外以廉價的租金成為許多底層勞工、貧窮的藝術家（普契尼筆下的波希米亞人還得燃燒自己的詩文取暖）以及窮學生的棲身之所。

窮留學生如我，二〇〇〇年春天初到巴黎，先和雅慧擠在她那十六區的傭人房裡，每天對《*De Particulier A Particulier*》租屋報裡的資訊，一個電話打過一個，房子一間看過一間。兩個星期，我們在巴黎城內穿梭，第一次出國的我，面對這座突然從書本裡跳出來的城市，那氣味、陽光、石子路、一個個經過身旁的人，陌生卻又緊緊圍繞著，是無法一個翻頁的動作就闔上的。突然，我意識到，啊，這將是我接下來生活的城市，另一種語言，另一種文化，也許另一種思維，沒有美而美與豆漿燒餅，一切即將從零開始。

從零開始

清空的兩個大行李箱塞進壁櫥後，從台灣一路飛過來的衣服、棉被、書籍雜物以及更重要的大同電鍋，終於為這異鄉一個人的房間添上了溫度。我打開天窗，踩上板凳，將上半身伸出窗外，傾斜的石瓦屋頂上甫降落的鴿子，似乎把巴黎夏季的涼風從附近的布隆尼森林一併攜來，清新的氣流從我身旁灌進閣樓裡，下意識，踮起腳尖，也許就是那個時候，我的身體開始產生變化。

熱心的雅慧在我巴黎第一年的座標裡，占了重要的位置。陪我辦完了語言學校、水電、居留等等複雜的手續後，又馬不停蹄地將我推介給她的巴黎友人。幾個夜晚，身處在各式便宜的紅酒、啤酒、乳酪的輪轉中，塞納河面上的城市倒影、吞吐的植物性煙霧及這群法國男女口中不斷流洩出我無法判讀的柔美語言，我彷彿躺在一張名為巴黎的水床上，短短數日，不斷被餵養各種實體的、概念的、精神性的食糧。**身在巴黎**，這四個字光是用嘴巴講出來，都像是一種天籟！

「Fat Cat，不如你去找個語言交換！」臉頰已明顯被酒精醺紅的雅慧叫著我舊日的綽號，不等我回應，她接著把所有可能（當然也是她驗證過）的交友管道、交友須知及優缺點，如唱詩般行雲流水地唸了一遍。原來語言交換眾多好處之一，根據我的這位老友表示，還可能涉及到愛情。

愛情，這個迷人的小東西。

「Open your heart, open your mind！」雅慧塞進了一首流行歌當作結語；當然，我已經不清楚到底她指涉的是語言交換的體驗還是其他了。

第一堂課，關於身體

五十八歲退休的法文老師開著似乎也準備退休的德國福斯汽車行駛在巴黎北區的高速公路上。五十八歲退休的法文老師不斷重複身體各個部位：les jambes（腿），les mains（手），les yeux（眼睛），la bouche（嘴巴），la langue（舌頭），le coeur（心）。五十八歲退休的法文老師將車停在巴黎第九大學（Université Paris-Dauphine）的門口，那所有著海豚名字和 logo 圖案的學校。五十八歲退休的法文老師打開車窗並從褲子口袋裡勉強掏出一包已經乾癟的香菸。

「經過這片森林，就到你的公寓了，」法文老師刻意和緩語調，並且盡責地在森林與公寓兩個法文名詞上稍作停留，「但這片森林將是你今晚最大的冒險。嘻！嘻！」Aventure，冒險，這字我聽懂了，聽不懂的是我這第一次見面的語言交換最後的那兩個嘻嘻。

退休的法文老師當作語言交換再適合不過，他在雅慧幫我註冊的網站（對！雅慧見我久沒動靜，便自動幫我在交友網站上建立了帳號）個人介紹欄上寫著：五十八歲，退休法文老師，對亞洲文化有興趣，想學中文或日文。

法文老師退而不休，不只熱愛學習，而且看起來還很注意身材保養。介紹欄裡清楚列出了他合宜的身高體重，以及除了健身外各項我需要查字典才能得知的運動嗜好——馬術、潛水、跆拳道（原來寫成 Taekwondo）。

晚上六點，我們相約巴黎火車東站附近的咖啡廳。等了二十分鐘後，滿頭棕髮的法文老師出現，一件簡單的 polo 衫隱藏不住各項運動在他身上雕琢出的成果。老師見我擺在小桌上為這第一次語言交換所準備的紙、筆、漢法字典後噗哧一笑：「我們今天沒有要考試！別緊張！」

他坐了下來，手從繃緊的牛仔褲口袋掏出一包菸，問我要抽嗎？我搖搖頭。就在他以一種自信且近乎優雅的姿態吸吐了一口煙後，一股莫名的緊張感突然自我身上蔓延開來——我不知道自己能不能掌控得了今晚的局面。

熱心的雅慧在我巴黎第一年的座標裡，占了重要的位置。

說是語言交換，倒不如說，整晚我幾乎都似懂非懂地聽著法文老師講述著他的一生，大概就是他在大溪地待了多長的時間，在那裡結了婚，離了婚，然後到摩洛哥開了餐廳，又關了它，說他回法國開始在各個語言機構教授法語及文學，然後前幾年決定提早退休，到中國及印度旅行近一年，他開始懂得**熊收哼生**。五十八歲退休的法文老師眼睛一亮，臉幾乎貼近我，以一種努力卻又不失瀟脫的口吻講了句中文：「**熊收哼生**。」

享受人生。四個中文字在法國人的嘴裡變形變調，中文的ㄖ音在法語裡成了呢喃的喉音。熊收哼生，老師吹了一口他的人生到我的鼻息裡，伴著濃厚菸味與賀爾蒙（尚未退休）的人生。

法文老師將菸蒂扔出車窗，第九大學的海豚圖騰在夜色與依稀的路燈中顯得鬼鬼祟祟。半個小時前，我被拎上他的車子，車子橫過巴黎北邊的高速公路直到西邊布隆尼森林公園的北面入口。

老師丟下嘻嘻兩聲，重新啟動車子，載著強掩緊張的我緩緩駛入黑暗的森林。白天的布隆尼森林公園鳥語花香，有馬場，有著名的羅蘭・加洛斯（Roland Garros）網球場，人們喜歡在這裡野餐、慢跑、騎自行車。不愛運動的我受到森林裡悠閒的氣氛感染，有時從閣樓的小房間離開，走個五分鐘到森林南面入口，然後一路邊跑邊逛地在這座森林裡吸收著不熟悉的芬多精。而現在，夜晚的布隆尼，芬多精蕩然無存，馬嘶、鳥語、網球撞擊紅土球場的聲音一併消失，置換成的是一片——後來我只要想到夜晚的布隆尼總會聯想到的——羅丹〈地獄門〉般的墮落、肉慾真實呈現。

夜晚的布隆尼是著名的性交易場所，從北面到南面，有變裝、變性、男、女及不同國籍性工作者的分區，市場受眾不同，井水不犯河水。法文老師的福斯汽車龜速進入北面入口時，路旁橫陳的黑暗中馬上跳出一雙晶亮的眼睛，有如螢火蟲在黑暗中眨啊眨地向著我們車頭大燈飛來。燈光照射下，眼睛的主人如同舞台般華麗現身——一名著黑色連身皮革短裙，頭頂廉價俏麗短髮的黑人男性，嘟著紅唇（和喉結）魅惑地看著我們。原本已如坐針氈的我，此時更加驚慌，想連滾帶爬地離開這座騙人的森林，雖然當下我甚至不知道自己為何有如此反應，不是變裝的視覺震撼，不是道德感，說不上來。總之，我的不安絲毫影響不了隔壁駕駛座的男人，隔著拉下的車窗，他正在與嬌媚的黑人男子攀談，不需要多高的法文程度我也聽得出，五百法郎（Francs），二〇〇〇年，法郎的年代，1 Franc : 5 TWD（新台幣）。

屏氣凝神，一邊揣想法文老師沒有寫在網站個人介紹欄裡的私密愛好，我一邊像個小媳婦般擔心自己今晚的命運。若他們交易成功，我該何去何從？

「你嚇壞了，小男孩。」法文老師將臉湊過來，右手搭著我的肩，放大嗓門笑著。我下意識地將身體縮離老師的手，這才發現窗外已空無一人，眼睛搜尋一下，不遠，有輛蠢蠢欲動的房車正迎接著那雙剛才還在我們面前擺盪的黑臂。Un travesti，變裝者，Un prostitué，男妓，老師指著那雙臂的主人，也許突然想起自己語言交換的身分，對著我把那兩個字的音節唸得清清楚楚，語氣中有種我同樣無法解讀的曖昧。

撕開白日的悠閒與清新，入夜後的布隆尼肉慾橫陳，車行過市，一幕幕景象在衝擊著二十四歲的我對這世界及自己的認知。法文老師說，學著打開自己，與雅慧交代的如出一轍。打開，是個什麼樣的概念？法文的 Ouvrir 與英文的 Open 一開始就打開了，而打開是吸收還是流瀉？

「請送我回家。」突然感到疲倦的我像顆癱掉的氣球，放掉了一整晚在意的法文語法，我重複了兩次，請送我回家，整個人便往車子皮製座椅裡沉進去。法文老師見我情緒急轉直下，試圖用更多的語言來填塞尷尬。

我索性將頭撇向窗外。這時，樹林間有三名身材豐腴的女人走出來，不復青春的臉上塗抹著彷若經年不卸的濃妝；路燈一照，個個顯像成一隻隻傷痕累累的蝙蝠，有氣無力地揮動著身上敞開的風衣，等著獵食，或被獵。我盯著她們，看著她們在黑色或紅色蕾絲鏤空內衣下的惺惺作態，原以為該是嫌惡，卻突然覺得心疼。這座森林太過詭譎，操弄著連我自己都不明白的情緒，再停留，哪怕自己都要迷失了。

法文老師將車停在我的公寓樓前，上身橫過駕駛座，強行給了我一個吻頰禮，晚安，小男孩。勉牆擠出笑容，Bonne Nuit！晚安！那是一整晚我講得最標準、回得最堅定的一句法文。爬上五樓的傭人房，打開門，洗把臉，我癱倒在來不及展開的沙發床上。手機傳來簡訊，法文老師鍥而不捨繼續訴說著今晚多麼美好，最好的語言學習就是從生活出發，期望下星期再見面等空泛的字句。扔開手機，對著一扇天窗的黑夜，我試圖回到那片森林發生之前，卻只迷失在錯亂的想像裡……

窗外有一群蝙蝠，努力睜著早已黯淡的眼，微弱的光，很快就被夜色吞沒。

我也身處其中。

這座森林太過詭譎，操弄著連我自己都不明白的情緒，再停留，哪怕自己都要迷失了。

第二夜 二〇〇一～二〇〇二

魔鬼賈克琳的騷莎課

「還有兩個月，你的腿已經先去度假了嗎？Sunteck，我說的是你！動起來！」

最終，還是被點了名！賈克琳老師笑容裡挾帶的凌厲目光鎖在我身上已如世紀之久，我滿頭大汗，步伐與頭腦一樣錯亂，騷莎（Salsa）音樂漫天作響，聽起來與噪音沒兩樣。巴黎第三大學二十三號教室，此刻，我一人的屠宰場。

從戲劇系二年級壓迫式的課表（莎士比亞悲劇與哲學、戲劇與社會學、戲劇與美學）中逃脫出來，這堂安排在星期五下午兩小時的舞蹈選修，本來應該是充滿拉丁動感、紓壓的課程。事實上，對現在教室裡除了我以外的那群來自各個科系對舞蹈的熱情與愛好早已寫在基因裡的男男女女而言，的確如此，抱怨的、被關注的、名字如鈴鐺般響個不停的，只有我一個人，唯一一位亞洲面孔，一開始萬綠叢中一點紅備受關愛的，如今，全都走了樣。

四月中的巴黎，春天後母臉，回暖不到一星期，氣溫又狂降。昨晚，從打工的餐廳離開，搭上最後一班回塞吉勒沃（Cergy-Le-Haut）的火車，隨著車子越往偏遠的西北郊區開，從車外滲進的寒風越發令人難耐。果然，今早出門，巴黎過度懷舊，儼然回到寒冷冬季，一片冷霧蓋滿整座城市。

二十三號教室裡沒有時鐘，我害怕這堂課沒人提醒的話會永久地上下去。必須要聲明的是，騷莎舞步不難，前兩堂課我還十分活躍，屁股扭得極富拉丁感；只是沒想到，加上旋轉、雙人舞及交換舞伴的部分，我就一連敗陣下來，顧得了對方的手，就顧不了自己的腳，不是踩得舞伴叫疼，就是被自己絆倒，身體以「一種不適當的態度親吻地板」，如賈克琳老師所下的評論。

愛蓮，我的女神，我的公主

選修這門課，也是因為法國同學兼好友愛蓮的請求。愛蓮於我有大恩。剛進三大就讀，人生地不熟，我的法文程度又完全跟不上老師講述的課程。整堂課筆記做下來，都是如狗啃般的隻字片言，兜不成完整意思，錄了音回去慢速播放也聽不懂，拿給好心的鄰居大哥請他幫忙，因為內容專業艱深，他也似懂非懂；這時候，愛蓮如女神般從水裡浮現在我面前，許了我第一個願望——課堂筆記。

我們是在游泳課認識的，教練是當時已露出魔鬼尾巴的賈克琳老師。游泳初階第三堂課的進度：跳水！賈克琳老師只是簡單幾句跳水須知，竟然就要求我們一人站上一柱池邊的跳台，然後，在我兀自驚慌失措地計算跳台與池面的距離時，她口令一下，水面接著便泛起一道道水花與聲響。

法國人怎麼回事？不是游泳初階嗎？現在場面有點尷尬：剛跳完水的同學紛紛浮出頭從池子裡望著我，賈克琳老師則不解地皺著眉頭（我則更不解地看著她），我這擁有豐腴且白皙的身軀，班上唯一的亞洲人，如同山寨古董瓷器花瓶般被觀者好奇也許帶著訕笑的眼光把玩著，還沒入水前，我應該先自我崩解。但賈克琳老師講究效率，一聲「閉氣」，接著便在我背上劈下一掌。

我的身體直面拍入水中，鼻孔、胸部像爆炸似地，痛得連過往人生片段都沒能回放，池裡卻響起一片叫好聲。一群看熱鬧的傢伙。

魔鬼賈克琳從池邊對著驚魂未定的我喊了句：「沒那麼難吧！」有種幸災樂禍的感覺。忍

著痛，我試圖在三米深的池子裡保持漂浮，就在此時，一顆頭緩緩地游向我——愛蓮現身。

「你好！」愛蓮的頭會說中文。

「妳會說中文！」我很驚訝，腳沒忘記在池裡繼續打著水。

「不好，只一點點。」愛蓮的頭害羞了起來，從泳帽裡散出的一縷黑髮在水中張開、收束、張開、收束。

「你……紅。」愛蓮的鼻子指著我如健康生豬肉般的粉色胸部。

「那個瘋女人！竟然推我下來！」我下意識轉回法文回應，流利的程度，自己都嚇了一跳。

游泳課結束，長出身體及手腳的愛蓮便與我走在一塊兒。黑長捲髮的她有著令人羨慕的淡綠色瞳孔，十九歲，未脫稚氣的白皙臉龐，掩蓋不住的雀斑與眼神中透露的機靈與聰明。若干年後，愛蓮會拿下第三大學的戲劇及第九大學中國語文碩士學位，她會到台灣跟我碰面，在高雄學一年豫劇，去北京學一年京劇，再回法國完成她的博士學位，我們的友誼將會繼續。

那天清晨的游泳課結束後，在我們一起走往地鐵的路上，愛蓮聽了我在學科上遇到的困境，主動提議要將筆記借我。只是，隔天我拿到的筆記裡充滿了法國學生從小自行發展如外星語言般的速記法，還得麻煩愛蓮送上一張解碼表（th = theatre，ph = philosophie，△ = sur，c = c'est 諸如此類）才能一窺究竟；後來，愛蓮乾脆提議花兩天時間幫我複習哲學課的期末考試。她說話時，頭頂有光圈。

剛進三大就讀，法文程度又跟不上老師講述的課程時，愛蓮如女神般許了我第一個願望——課堂筆記。

「沒有你，我就不去上舞蹈課！」愛蓮在下學期開放選課第一天走到我的面前，「這堂課一定要找到人配對才能選修。」愛蓮如貓般的瞳孔正在催眠。「星期五我們都沒課，一起去動一動吧！S'il te plaît～」最後那聲法文的「拜託」被她拉長地都快滲出蜜來。

「我沒有騎士的帶領該怎麼辦？」愛蓮碧綠的眼睛眨呀眨。

「走吧！去把我們名字填上吧！」

話一出口，我就後悔了。

第一堂課，二十三號教室，老師還沒來，有人聊著天，有人對著教室裡一具骷髏假人議論紛紛。懸於半空的骷髏出現在舞蹈教室也未免太過戲劇性，我和愛蓮對看一眼，她說，這堂課一定很有趣。點點頭，人生第一堂舞蹈課，我準備好了，期待老師的出現！

「Sunteck！新學期真高興再見到你！」

這聲音！賈克琳老師伴隨著強烈氣場的問候從門口席捲進教室時，我啞然無語。選修時，課程介紹裡的教師欄雖然空白未填，但誰會想到最終浮出的竟然是賈克琳！那個潛在型的殺人凶手竟把自己名字塞進教師欄裡？上學期我好不容易從她那簡直可比選手級泳技訓練的游泳課中存活下來，難道這學期想選個紓壓型的課程也不可得？

「看來，我們這堂課有些有趣的學生。」賈克琳目光掃過正努力擠著僵硬笑容的我，她的「有趣」兩字當然別有所指。她轉身，推了一下懸空的骷髏，然後走到牆角把音樂轉開，在骷髏停止擺盪前，拉丁騷莎熱情性感的音樂已經從角落蔓延開來。

愛蓮一副躍躍欲試的表情，她的身體早已準備好了。我轉念一想，上學期從水池裡跌倒，這學期就從舞池裡站起來吧。記得，我是愛蓮永恆的騎士，怎麼樣都要守護著她。

「愛蓮，右腳，呃，滑出去再回來是要點地幾下啊？」

「等等，妳可以慢動作再做一遍讓我看看嗎？我覺得好怪。所以左腳是……」

「喔！喔！我懂了。所以，呃，右腳滑回來是要點地一下？咦？是嗎？」

我覺得我在迷宮裡打轉，愧對我所要保護的對象。

賈克琳老師跟著音樂示範了幾招舞步後，便要我們自行練習（簡直與上學期游泳課如出一

轍）。不知道是不是法國人對於初階的認知與我有落差，我的從零開始，對他們而言只是上課前就該有的配備技能。從小在各種藝術、體育活動、哲學思維裡生活的法國學生，加上自我獨立性格的發展，讓他們在進入大學階段求學時，對比亞洲學生，多數都已擁有相當厚度的文化養成與確立的人生目標。當我還苟且地以為自己早就學會的蛙式對付游泳初級的課程綽綽有餘時，法國同學期待的已經是個人及團體混和式接力賽的期中測驗。

我將臉上難堪的汗水層層撥開，看著愛蓮，一邊懊悔自己雙腳無以復加的笨拙，一邊嘖嘖於不厭其煩示範給我看的愛蓮如魚得水的身體動感與曼妙姿態。愛蓮跳騷莎，勾垂的雙手在胸腹間滑翔，臀似在海裡晃盪，既沉且輕，一個轉身，髮尾還能迸出香汗幾滴。我呢，香汗沒有，倒是緊張時會不小心唾沫橫飛，一要扭腳，嘴巴就失禁，一要轉手，腳就像在地上生筋。但至少此時，被愛蓮保護著，賈克琳老師還沒發現我開始顯露的頹勢，尤其，當我後來還能取巧地將騷莎屁股扭動的重點擴大，而意外引來眾人的一致稱讚。

儘管如此，強扭的屁股畢竟不持久，隨著課程難度的增加，我這點伎倆很快便顯得左支右絀。進入第五週雙人舞的部分，Sunteck這個名字終於正式地由賈克琳老師認證為，本班最落漆。

「Sunteck，跟上拍子！」

「Sunteck，全場我只看到你的屁股！」

「Sunteck，你的對象是愛蓮，不是自己的影子！」

「Sunteck，來，乾脆你來跟我跳！」

公主的背叛

於是，要不要上課成為我每個星期五早上最大的掙扎。人到了教室，就如同靜候處理的俎上肉。有時，我身體在動著，神在太虛；有時，賈克琳老師的聲音會自動落在遠遠的背景之後，這時，我會望著教室裡懸著的骷髏，他以一種了然生死的態度俯視全場，我會得到一絲救贖後的恬靜感，也因此原諒了後來背叛我的愛蓮。賈克琳老師重新洗牌，愛蓮被分配到示範教學小組與一名電影系西班牙裔的棕髮帥哥配對，負責輔導我們少數幾個還在迷宮打轉的人。我覺得我騎士的身分被剝奪，真是恥辱。

「還有兩個月，你的腿已經先去度假了嗎？Sunteck！」賈克琳老師的聲音直指早已退居角落的我。我汗涔涔，內心淚潸潸，牽著被賜予的新夥伴阿美，被剝除頭銜的兩個賤民，雙手冰冷黏膩如兩隻蛞蝓，雙腳的節奏始終不在拉丁美洲，但我們仍在掙扎，我們還沒退縮。

從亞爾薩斯來的阿美和我相同，都有數拍子障礙，加上兩人在雙人舞的步伐上總是出錯，轉身後不是各自飛奔，就是迎面相撞，我們不斷停下，觀察別人（叛徒愛蓮疑似徜徉愛情海中）並且討論，然後，EUREAKA！在下個音樂起拍處，我和阿美竟成功地跟上節奏，一左一右，錯位，各自軌道，步伐精準，轉身，Ouais（耶）！我們低調地喊出自我肯定的喝采。開竅是屬於不放棄的人的。雙手勾垂，胯走，右腳點地、回，左右互換原地踩踏一，二，三，翻轉……不就這麼一回事而已嗎？

「Sunteck, bien!」賈克琳老師不知何時走到了我們身旁，一種刻意收斂的微笑，她說：「很好！」瞳孔裡有我的倒影。

下課後，愛蓮一如往常地走過來邀我去咖啡廳坐坐，我把關於她是叛徒還有我的心路歷程原原本本地講出來。我們之間反正沒什麼祕密，愛蓮聽了大笑，但路卡，那個半路殺出的西班牙男人，跳起舞來真的好迷人啊，她說。唉，是啦，不可否認。

「跟我跳舞吧！」一踏出咖啡廳，愛蓮開口，顯得興致昂然。

「好啊！」知道愛蓮隨興，加上我有今天賈克琳老師肯定的光環罩頂，我伸出雙手。

愛蓮口中哼出一段課堂上熟稔的騷莎曲調，然後我將右腳輕滑出去，做了一個完整的去回，接著我們手拉著手，造就了一個圓滿的磁場，準備轉身……

MERDE（他媽的）！怎麼可能？一切如此完美的情況下，我那不中用的左腳往前跨越時竟然活生生地咬住了愛蓮右邊鞋子的前緣，一個踉蹌，兩人絆了一下，對望，旋律中斷，愛蓮大笑，我在她的笑容裡看見魔鬼賈克琳的身影。

為了平復情緒，當晚，我到龐畢度中心附近的溫州餐廳狂嗑一頓，從大腸粉、煎餃及青島

啤酒中換取替代性的滿足，然後再不死心地一路以騷莎的姿態，行走，等車，坐車，回到大巴黎第五圈外我那遙遠的家。

第三夜 二〇〇二～二〇〇三

從巴黎市中心開往西邊的RER鐵路A線在南特爾（Nanterre）警察局站一分為二：往西前進，火車緩緩載入的是一座恬靜優雅的小城聖日爾曼・翁雷（St-Germain-en-Laye）；往西北走，則是巴黎最常登上社會新聞版面的支線賽吉蓬多瓦茲（Cergy-Pointoise）。聖日爾曼・翁雷是座懷抱昔日法國王室、城堡及宮殿所在的城市；如今，歷史的光環雖已退去，這城依舊保有其高貴、大度、靜謐的氛圍，也因此吸引了許多僻靜者，當然不乏貴族後裔及高階社會人士居住其中，包括我的房東夫婦。

另一條支線的末站 Cergy-Le-Haut 則是我的租屋所在，一處冰冷、沒有人味的開發中新市鎮。搭乘這條路線來往於巴黎及郊區的人種混雜，許多合法、非法的移民者散居鐵路沿線。乘車時，窗外爬過的常常是一簇簇慘灰的國民住宅及清冷閒置的空地，而車廂內強暴、搶劫事件屢有所聞。許多朋友問我，搬到哪了？我會拿出皮夾裡的巴黎鐵路交通圖，往那條紅色支線遙遠的西北端指去，等待友人開口：你瘋了！

公寓房東是新加坡人克萊兒和她的法國老公希爾。我和克萊兒在雅慧家的聚會上認識，幾杯紅酒下肚，大家聊開了，個性爽朗海派的克萊兒講述著她和醫生老公相識的過程。

「醫生？所以是妳去看病認識的嗎？好浪漫！」看著克萊兒，我腦袋浮現許多低級羅曼史的情景。

「我看什麼病？你發神經啊！我老公是獸醫。」克萊兒白了我一眼。

原本與希爾只是語言交換關係的克萊兒，後來成為他獸醫診所的助理，接著便入住了希爾位於聖日爾曼・翁雷的獨立透天豪宅。聽說我想搬家，克萊兒提議他們位於塞吉（Cergy）一間公寓裡三十坪大的單人套房，「便宜租給你啦！Cos you are funny！」如同一種恩賜似的。

一個月後，告別了布隆尼的傭人房，我便搬進了這個位於遙遠的郊區，五樓，有電梯及巨大落地窗的兩件式套房。事實上，儘管朋友們大惑不解，有時我的確也苦於來回通車的耗時及不時的鐵路罷工問題，但我還是享受這樣的一個僻靜之所，讓我的生活有個明確的切分。

在巴黎，享受孤獨是一種學習，創造寧靜也是

二〇〇二，進入三大戲劇系課業最繁重的一年，同時，為了緩解家裡的經濟負擔，我找了份餐廳的工作，每天早出晚歸，時間塞得滿滿的。

打工的餐廳位於距離第三大學五分鐘腳程的鐵罐街（Rue du Pot de Fer），由一對台灣夫妻所經營。

從七號線頌西耶道本頓（Censier-Daubenton）地鐵站出來拐進小巷子裡，接上的便是巴黎著名的穆甫塔街（Rue Mouffetard）。這條狹長具有坡度的小街，保留著昔日馬車道留下的石頭路以及一個在地的傳統市集；也因為位於住宅區內，不像其他巴黎著名的景點那麼張揚外放，除了當地居民日常活動外，吸引的多半是有閒情逸致，前來散步采風的遊客。受到穆甫塔街的庇蔭，與其直切的鐵罐小街於是也成為遊客造訪的街廓之一。街上各式餐廳及商家林立，我們的台式餐廳左右兩邊便分別是墨西哥及印度料理，對街是義大利菜及一家裝扮華麗的耳環綴飾小店。

餐廳的名字，Formosa，是我無意間在學校附近的小廣告牆發現的。也不知是緣分巧妙還是思鄉情緒被撩撥起，當下一股激動地馬上循著地址找去。爬上了穆甫塔，轉進鐵罐街，有著大片落地窗及優雅淡綠色窗框及外牆的福爾摩沙，在周遭熱情奔放的墨西哥及顏色稍嫌雜亂的義大利餐廳之間，更顯得婉約迷人。下午三點多尚未營業，老闆坐在幽暗的餐廳內泡著茶。

「您好，我是來應徵的。不知道……」應徵兩字在我的口中顯得生澀無比，這才發現自己二十六年來沒有真正應徵過什麼工作。

「坐啊！」操著台語的老闆穿著不修邊幅，灰白色的頭髮率性地向後紮起，但不知為何，

龐畢度外一景。

他深鎖的眉頭讓我產生了距離感。坐下後，老闆將其飲畢的茶杯重新斟滿，我以為他會替我也斟上一杯，但等到的只有尷尬的空白。我將目光偷偷移往店內的陳設，幾幅廉價的字畫掛在牆上，清楚地蒙了塵，木桌木椅倒是新上了漆，低頭，一份印製精美的菜單在身旁的椅子上攤開著：

Poulet piquant／辣子雞丁……18 Euros（歐元）

Poulet à l'ananas／鳳梨雞丁……18 Euros

Poulet aux champignons noirs／黑木耳雞丁……18 Euros

「佇遮讀冊（在這讀書嗎）？」

老闆丟出問句，我連忙從原本埋首

的十八歐元雞丁系列抬起頭來。讀戲劇的，學校佇遮附近。國台語交錯。

「什麼時候可以來上班？」可能見我台語不甚流利，老闆索性轉成國語。

「隨時都可以。」

「那今天晚上就來吧。」

很乾脆，幾句話，我在巴黎端盤子的生活就這麼決定下來。

福爾摩沙，端盤去

一年的 Formorsa 其實是一年份的孤獨體驗。這份工作占去了我上學及每日漫長的通車外所有的剩餘時間，換來的是一個月八百歐元的半工收入及忙碌之中奇異的寧靜感。忙碌有種品質，不管轉換多少場域，與多少人事物錯身、交會，忙碌會將人收束在一種單純的狀態裡，一種奇異的寧靜感於是生成。

在早晚來往於郊區及市中心的通勤列車裡，我有時準備著巫術與儀式劇場的課程，老巫婆梅森的課不容易，期中期末考試報告樣樣來，半本布赫迪厄（Bourdieu）艱澀難懂的《社會學》被我在火車上一頁頁地爬過並做下筆記；有時，我在返家的夜車上翻看著《巴黎週刊》（*Pariscope*），讀著當週在巴黎五花八門的演出訊息，一邊懷揣著某某演出會以什麼樣的手法呈現，雖然偶爾也想像自己的名字有天會印刻在這本巴黎視角裡，然後感覺飽滿地在車上睡去。

大學的課堂上，有時我也能偷得一點寧靜之感。當我的法語聽說能力已達某種程度，足以聽著個性鮮明的老師們用著不同的姿態講課；而我也忙著做筆記（也開始了自己的中英法混合速記系統）時，會感覺自己與周遭所有人事物都完美地嵌合在一起，因而享有一種他人無法體會的幸福感。

在 Formosa 端盤子的生活，是另一種寧靜。身處在餐廳密集的鐵罐街前段，福爾摩沙經常享有一種與世隔絕的清幽。清幽，換句老闆的台式說法：「是『著災』啊嗎？」餐廳外面優雅淡綠的招牌雖烙著「台灣小吃」四個工整的中文字及法文翻譯，但在義、法、印、墨幾間料理餐廳環伺的鐵罐小街上，台灣名字對大部分路過找食的遊客而言辨別度實在不高。我和另一名服務生 Vladmir 每天都要接受幾次 Taiwan、Thailand 的差別，以及 Formosa 的由來等等問題。原以為藝術家性格的老闆不以為意，料理只賣有緣人，但隨著災情不斷，身兼廚師的老闆經常焦躁地從廚房探頭，最後更脫下圍裙，逕自坐在店內櫥窗邊的兩人座泡著茶，也可能試圖以消費心理暗示顧客上門。然而，很多時候，老闆只能一泡一泡過著他那似乎已然無味的茶，眉頭繼續深鎖，不斷看著我問：「是著災啊嗎？」

得災（瘟疫）倒不至於，台灣小吃要在這種地方立足本就不易，但要顧客上門其實也不算太難。當老闆最後暗示我和 Vladmir 到街上去拉客，為了餐廳的顏面（及我們的小費），連百般抗拒的 Vladmir 最終也只好屈服，跟著我從鐵罐街一路殺出到穆甫塔去，一邊拿著菜單一邊用著連我自己都咋舌的虛華語言，把客人硬生生地拉到寶島福爾摩沙。

先生，您知道台灣嗎？台灣料理是亞洲最棒的。嚐過了，您這趟旅行就圓滿了。（我還嘗試以餐廳料理是以陰陽概念入菜此等妄論在街頭拉客，卻也總能撿到幾個瘋亞洲的路人。）

來巴黎幹嘛還品嚐墨西哥、印度、義大利料理呢？試試台灣風味吧，給自己一個挑戰！真的！您不會後悔的。（毫無邏輯可言。）

酸酸甜甜的鳳梨雞您吃過嗎？新鮮的鳳梨，新鮮的雞肉，連醬料都新鮮！老闆每天早上自己親手調配，台灣人都是健康飲食的！（我死後會下地獄。）

哈囉，您好，您知道 Maggie Cheung（張曼玉）嗎？香港有名的國際巨星？她很愛我們店裡的菜，只要來巴黎住，她都會來這用餐。

張曼玉確實大駕光臨 Formosa 過，雖然就那麼一次，雖然她看著滿滿的菜單用廣東腔的普通話疑惑問道：「咦？這是台灣菜嗎？我都沒看過。」

張曼玉與法國男伴後來點了三角形的炸物 Samosa，一道其實是印度料理卻被我硬掰是高雄特產的點心，以及一道其實是中央廚房冷凍調理包加上新鮮青椒和番茄丁製成的酸甜排骨，張

忙碌有種品質，不管轉換多少場域，與多少人事物錯身、交會，忙碌會將人收束在一種單純的狀態裡，一種奇異的寧靜感於是生成。

曼玉想吃的台灣料理嚴格來說在本店是不存在的，我想當時應該在戀愛中的她顯然不太在意，她和男伴在老闆餐後免費送上的兩杯荔枝酒（根據老闆說法，是台灣南投的特產）後，還大方地在店裡留下簽名才離開。

有天，Vladmir 問我，店裡的菜真的都是台灣料理嗎？

我委婉地說，是吧，只是很多我在台灣都沒有嚐過。

Formosa 事實上經過幾次的整修，聽老闆說，一開始的確是賣正宗台灣料理，滷肉飯、肉羹湯、蚵仔煎、牛肉麵等等，但吸引的顧客除了留學生及旅居法國的台灣人外，口味很難打到法國人的胃口。

「我的蚵仔煎真的放生蠔下去！結果台灣人嫌貴，法國人嫌太白粉煎噁心！啊這樣是要怎麼做下去？」老闆似乎想從我這邊得到什麼答案，但我心裡只有那個簡單的疑問——開店前不都應該先做過市場調查的嗎？

張曼玉的簽名沒能替餐廳成功背書，店裡生意時好時壞（居多），好的時候翻桌率也不高，老闆於是連續派老闆娘和女兒及法國女婿在用餐時段坐鎮店內，好歹可以充充場面。不上街拉客時，我和 Vladmir 為了避免面面相覷，他會講些電影系發生的趣事給我聽，我則跟他聊在台灣的生活。

有著俄國血統、長相酷似美國影星李察吉爾的 Vladmir 對未來有著驚人的憧憬，他說自己

想當導演，拍出一部家喻戶曉的電影，然後死於一場意外，名留青史。我嘲笑他這想法過於浪漫主義，但只要他一天沒出現，我就不免擔心有什麼不好的事發生。

Vladmir 的死亡提問

「Sunteck，你相信死後的世界嗎？」

一天晚上，餐廳內剩下最後一桌還在用餐的美國老夫妻，和我一起站在店外等著打烊收拾的 Vladmir 突然丟出這個問題。

「我沒經歷過，但我想，應該有吧。你知道，我們東方人很相信輪迴啊、靈魂這類的。」

「我曾經死過。小時候，溺水。」

「你確定現在是談論這個的時候嗎，Vladmir？」我知道他要跟我談瀕死經驗，小時候那個熱門的電視節目《玫瑰之夜》有教，我因此很冷靜。

「我浮在空中，看到兩條道路在空中。你能想像那個畫面嗎?空中的兩條路。」他繼續說著，顯然無視我的回應。

Vladmir 說著空中的兩條路，一條雜草叢生，一條閃著透明的光芒。我當下沒插嘴，因為這個畫面在佛洛斯特（Robert Frost）知名的詩〈未走之徑〉（The Road Not Taken）裡早出現過，我認為 Vladmir 的瀕死經驗只是偷取了佛洛斯特的意象。我側身，疲倦地將頭撇向店內那對優雅用餐的老夫妻，離十一點還有一刻鐘，他們半小時前就送到的三十二歐元鹽酥大蝦都已經累了，原封未動地塌在盤子上。

我將殘餘的注意力返回 Vladmir 身上，此時他正訴說著自己選擇踏上那條光明之路的細節（倒是與佛洛斯特的選擇不一樣）。

「那條路上有很多人。」Vladmir 眼睛裡閃著亮光似地繼續著他的旅程。

「天使啦。」我悻悻然地插著嘴。

「不是，是活著的人，我的家人、朋友。他們的臉孔出現又消失，然後很奇怪，當下我突然明白了一件事，這些我親近的人，某個程度，都只是在人生當中打過照面的人，我的父母也是如此，就這樣，我對他們沒有任何依戀。然後，當我有種念頭想要繼續走下去確認這個想法時，我突然醒了。」

「你當時十歲？想法好成熟的孩子。」雖然諷刺地潑著 Vladmir 冷水，但他話裡有個東西刺了我的心一下，當下還沒能釐清，直到當晚我們離開餐廳快步地跑向地鐵站趕最後一班地鐵，我在夏特雷（Châtelet）站與 Vladmir 分開並轉搭坐上回塞吉的最後一班 RER 時，那個刺開始在我的腦海中滋長。

沒有依戀（sans attachement），Vladmir 口中的瀕死經驗，給他的體悟與他一直憧憬的成功後的死亡之間的關聯，我始終弄不清，也沒有詳細再問。Vladmir 在 Formosa 待了三個月後離開，老闆和他都未事先知會我，我才發現從來沒要過他的電話號碼。同在三大念書，我們竟也從未再相遇。

我很想和 Vladmir 說，你所謂的沒有依戀，其實是我心裡長久以來的狀態，對人、事、物，激情時完全付出與投入，一旦離開了那個狀態，也許有短暫的情緒，但離開了，就離開了，沒有什麼值得依戀，也無須附加意義。

有兩件事我沒向 Vladmir 坦誠。首先，我也想過做出一個舉世聞名的作品，然後死去。但顯然，舉世聞名的作品不易，死亡也就必須無限期延後（其實也未可知）。第二件我沒告訴 Vladmir 的事，我也曾經死過，但我只看到那條雜草叢生的道路，路的起點，有盞橘黃色的燈，有電視新聞的聲音，有霉味，有個老的引渡者，我毫無選擇地走下那條當初唯一的道路，直到很多年後，才看到其他叉路向我展開，但那是很久以後的事了。

我還是一樣過著課業、工作、市郊來回通車忙碌卻規律的日子，生活裡的許多片刻，總也能沉浸在寧靜之中。休假時，房東克萊兒常開著車帶我在郊區跑，一會去 IKEA 只為了買巧克力餅乾，一會跑知名的傳統肉舖買一大包燻腸要我帶回去加菜，更多的時候，我們坐在某間咖啡廳，聊著無關緊要的小事，說說其他朋友的閒話。

然後，一夕之間，我的二〇〇二年就這麼過去了。

第四夜 二〇〇三～二〇〇四

Luis光是用膝蓋盯著我，不做回應。教室的另一端有閒雲野鶴嘰嘰喳喳，有點惱人；涼爽的風從木造的門窗不斷吹進，秋風，也許再強力一點，就可以將我如枯葉翻身，但它沒有。此刻，我的上背仍舊黏合在地板的瑜伽墊上，兩隻騰空的腳一抽一抽地，試圖把腰部帶起又無力地放下，雙腳一度勉力爬到頭頂上方，但就是被自己的肚子卡著，我和自己僵持著，無法前進，也不肯退讓。

默劇課第一天，第一個小時，第一個練習，我人生的考古難題。身體的難題。

小學五年級，莫名其妙被選入排球校隊，每天清晨都需要比別的同學早起到校跑步、練球；挺著五十幾公斤的體重跑步很不人道，伏地挺身、仰臥起坐、托球、殺球、快速移動練習，簡直要摧毀一個幼小兒童的心靈。教練老是喊：「快、快、快，沒吃飯是不是？」盲目的教練。我可不是因為沒吃飯才得到「姚豬」這個跟著我小學六年的屈辱綽號（小學一年級，就已經有年紀小卻壞心眼的同學了）。排球教練在忍受我一個學期之後，終於有天語重心長地問我，還想要繼續嗎？他要我好好考慮。可能沒想到平時嚴格跋扈的教練突然溫和起來，我竟也慎重地考慮了兩三天才回答他：「我不想留在排球校隊了。」我想，當時，雙方都鬆了口氣。後來，我帶著五十幾公斤的體重，以及沒有上場打過任何一場球賽的經驗離開了排球隊，繼續過著姚豬的生活。

從小到大所擁有的綽號累積起來是一段個人屈辱史。姚豬後，是肥貓，肥貓後，是死肥貓，死肥貓不死，進化成國際版 Fat Cat，中間參雜了胖德、死胖子（又死一次，雖然沒創意）、娘娘腔（某個程度也與身體有關）、肥兮兮（很致命的一個綽號，外表與內在一起打，巧妙地把 sissy 置入）。

命運有時的確作弄人，但也合乎邏輯——我們需要面對的，往往都是自己最排斥的。他們說，這叫「功課」，但我更喜歡「作業」兩字，在業力上面工作，（帶著一點囫圇吞棗的宗教觀，一點救贖的意味）。這份生命的作業從第一個綽號引發，肥胖和兮兮從此如主題旋律般不斷地在我生命中播放，音量忽小忽大，卻從未消失。

Luis 還是沒有動作。事實上，因為姿勢的關係，我只能用餘光瞥見他一雙無動於衷的腳。再次鼓起勁，我奮力將雙腳往上踢，希望它們可以在半空畫出一道漂亮的弧形落地，順勢將我向後翻起。但沒有。這一震，把我的腰重摔在地，衣服向下翻至胸間，那顆圓滾滾的肚子就這樣垂墜在我面前。啊！未曾如此注視過，我的肚子，我的生命作業。

細看，它圓潤、帶有情緒，鼓起時是一種逼視，消退時是一種生命的醞釀。真美。儘管姿態窘困，我的心裡還是流洩出這麼一聲讚歎。那是我第一次看見自己身體的美，第一次，從人們屈辱的言語糟蹋過的身體中看見了一絲美麗。那聲讚歎很短，在我往後的默劇之路上，卻有

著指標性的意義。

出於疲累，我將雙腳放回地面，過不去的，再怎麼用力也過不去，於是我停下，緩緩起身，捏捏疼痛的腰，整理衣服，對老師 Luis 搖搖頭，J'arrive pas！沒辦法，我說。

老師 Luis 是巴西人，師承艾田・德庫（Etienne Decroux）肢體默劇體系，在巴黎授課已有十年之久。四十幾歲的 Luis 個頭不高，留著的絡腮鬍辨別得出棕、黑、白三種參差的顏色，他目光炯炯，講起話來語調輕柔，第一次見到他，就像看見個大哥哥一般，沒有嚴師的強大氣場，反而鬆解了我許多的緊張感。

一窺肢體默劇的世界

世人認得默劇多從法國已故大師馬歇・馬叟（Marcel Marceau）而來，事實上，馬叟拜德庫為師，師生兩人的默劇表現手法卻截然不同，當然受到世界關注的程度也不一樣。德庫將傳統啞劇表現方式全面改革翻新並且系統化、肢體化，撇除面部表情，將重點拉回身體，每一個動作關節甚至細微至手指都是力道與線條的表現。德庫曾說，**在舞台上，沒有任何一個動作是免費的。**虛有其表模擬真實拿一杯水，未若真拿一杯水來得有說服力。德庫探究的是一個動作的引發，整個身體如何地介入。於是手取水杯在肢體默劇的表現下，離開了僵硬刻板的擬真模

巴黎地鐵，「成名在望」海報。

式，討論了手在碰觸到水杯的圓形杯緣時線條與力道會如何的轉變，身體的介入也讓簡單的取水動作變成一種接近舞蹈式的抽象展現。德庫從昔日擬真、喜劇性高的啞劇（pantomime）中提煉出新的身體符碼，肢體默劇因此成為藝術性極高，肢體展現極為凝鍊的表演系統。

馬歇・馬叟受肢體默劇滋養，卻選擇接回啞劇傳統，畫上白臉，喜劇化、戲謔性地扮演各個角色。馬叟的表演當然也豐富了傳統啞劇缺少的身體感，在一系列如《捕鳥人》、《探戈舞者》的作品裡，他的身體輕盈地在舞台上創造了十足的想像空間。馬叟的輕，對比德庫的重。當德庫宣稱最理想的默劇表演是頭罩薄紗（追求中性表情），並且全裸演出（但因為社會規範，所以改為身著短褲）時，馬叟已經用其白臉黑眉紅唇的妝扮，及靈巧豐富的表情和他那同樣招牌的高腰褲、橫條衣，在世界捲起一股風潮，德庫講究重量與線條凝鍊的肢體默劇，則殘酷地從市場上隱沒。馬歇・馬叟於是成為了一般人心中對於默劇認知的唯一指標。

二〇〇三年暑假過去，告別 Formosa 餐廳的工作（我跟老闆說：「抱歉，我想休息一段時間。」老闆回我：「我何嘗不是？」），時間相對空出許多，也可能出於對過去一年忙碌而錯失許多事情的彌補心態，我想要學習新事物的胃口突然大開。從三大正對面 Palimpseste（字裡行間）書局外貼著的許多表演相關課程的小廣告中發現 Hippocamp 默劇學校招生的訊息時，我腦海中浮現的的確是馬歇・馬叟。小丑默劇我不陌生，出國前，在台北上過幾次課，但總有一點進不到心裡的空虛感。所以當我後來發現肢體默劇這個對我而言全然陌生的概念時，我的反骨精神讓我馬上做了嘗試的決定。

第一天五個小時的免費體驗課程結束，當然，我那聲對自己身體之美的讚歎僅僅持續了數秒，看著班上其他個個身手矯健，尤其幾名舞蹈學院的學生上課時對自己身體的專注及自信展現，我心裡的退堂鼓又咚咚作響了起來。Luis 走過來：「明天你還會來嗎？」

咚！咚！咚！咚～

「你知道嗎？Sunteck，你有一個很特別的身形。」Luis 的瞳孔晶亮地閃著。

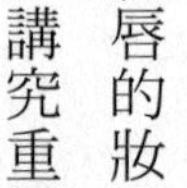

（特別的身形？屁啦！不就是說我胖嗎？）

「你的動作和別人不一樣，有一種特殊的韻律感。」Luis 瞳孔繼續閃亮。

（別再灌我迷湯了！這種行銷手法我見多了。）

「Oui, je viens demains.」**我明天會來的**，我說。

唉，我又背叛了自己。Luis 點點頭，瞳孔閃得比方才更嚴重，我的默劇之旅就這樣在自己口腦不一以及 Luis 希望的眼神下展開了第一步。

「當一副軀體站立時，我所看到的彷彿是人性聳立於我的面前。」

舞台上，你必須付出，舞台下的學習也是一樣。一個星期五天、每天四小時的默劇課程當然是一項支出，但付出的心力更超出自己的想像。首先，我將三大戲劇系的課程調整到下午，甚至從遙遠的塞吉搬回巴黎市內。每天早上九點默劇課，下午一點課程結束再迅速趕往三大，路途中簡單買個三明治果腹，日子過得似乎與前一年一樣忙碌。

默劇教室藏在十一區 Rue de Charonne 七十七號那扇偌大的紅色木門背後。推開門，石頭鋪成的中庭帶出一棟ㄇ字型的三層樓老式建築。建築空間分配給一間設計工作室、印刷行、兩間長形的舞蹈教室和一兩戶家用住宅使用。老舊的直式電梯、寬敞的旋轉樓梯、木製的門及窗櫺、

透明玻璃、二、三樓的鐵欄杆、橘黃色的工作燈等等，在在都讓我感到視覺及心理上的靜謐與愉悅。

或許是肢體默劇中性表情的內化，也或許是個性使然，Luis 上課沒有太多的話語，也沒有過度激昂的語調，只是一次次示範，然後調整我們的身體動作。每天，我們有一小時的暖身，兩小時的默劇基本動作教學，短暫休息十五分鐘，最後一小時即興課。除了星期三的現代舞及星期四的巴西戰舞外，課程內容日復一日，年復一年，變化不大。這是一門耐久、也要耐得住單調的課程。也許因為這樣，每個新學期的開始，總有同學不再出現。意料之外，我竟然喜歡這樣不譁眾取寵、不喧鬧嘻哈，一個動作不斷重複演練的上課模式。

在重複之中我找到精煉的樂趣，看似一樣的動作，隨著每次施力產生不同的身體線條變化，有粗糙，有細緻，有全然放棄時的斷裂，也有重新拾回後的奔放，更不用說其中許多無意間生成的領會及發想。身體是不會騙人的，但表情會，艾田・德庫如是說。我幾乎一頭栽入了肢體默劇的世界裡。

除了表演肢體的開發外，對我而言，最大原因來自於德庫藉由肢體默劇系統所討論的身體哲學及人性：「身體，指的是『軀幹』（身體脊椎所在），確切來說，是由雙腳所承載的軀幹，也是我們身為人及其責任所在。失衡時，我們會跌落。一切並非憑空之感，也騙不了人。」

默劇教室藏在一扇偌大的紅色木門背後。寬敞的旋轉樓梯、木製的門及窗櫺、透明玻璃、二、三樓的鐵欄杆等，在在都讓我感到視覺及心理上的靜謐與愉悅。

我開始真實面對自己的身體。

現代舞課，我發覺自己身體裡不敢表露出的輕盈特質，那個藏匿在所有過往加諸在身上關於肥胖，關於娘娘腔的難堪稱呼背後，自己未知、也許自我否定的特質。小學四年級班級同樂會，老師要同學演短劇，我主動舉手說想扮演當時最紅的電視連續劇《神鵰俠侶》裡的小龍女，同學訕笑罵我「查某體」，老師解套：「小龍女是女生，不然你演神鵰好了。」同樂會那天，我很盡責地扮演神鵰滿場叫，但老師違反原著，要我改背班上最漂亮且搶了我角色的女同學，而不是背楊過，這件事我至今仍舊耿耿於懷。

在舞蹈教室裡每次快跑、轉身、跳躍，我都有一種脫開滿身束縛自由且輕盈的感覺，如小龍女一般。而回到Luis的課上，那種沉靜的氛圍伴隨著肢體施展出的力量，有一種重量感，可以讓我們穩穩地行走，甚至讓我們在快要失衡時止住過剩的力量。靜止，依我之見，其實是肢體默劇的精隨。在身體每一個力道打出去的動作與動作之間，靜止成為重要的過渡，一種力量的反制或迴旋，一種隱匿的延伸，如漣漪一般。靜止，也成為了一種醞釀，在動與動之間。這種醞釀，德庫稱之為「迴響」：

> 想像一個身處聾人世界的人，他在眾目睽睽之下敲響了鐘。就在他敲完鐘的那剎那，所有聾人看到的只有動作停止的這個事實，並沒有任何的後續。但如果這群聾人

身旁剛好有一群盲人，他們所能感知的一切則會是從敲完鐘的那刻開始，因為回音會繼續。也許，對於很多的事，我們也應如同這群盲人一般；有時，我們在空間中施展動作，然後在動作還應該延續時停止。有些東西的迴響是重要的，默劇則是其一。

我開始給予每個動作完全的力道，然後訓練自己迅速的靜止，一次又一次，在極度的展露與自制間抓到平衡，直到身體感受到了德庫口中所謂的「迴響」。那幾乎成為一種靜心，一種修行。

塞尚的聖山，我的聖山

二〇〇四年夏天，我站在南法普羅旺斯小鎮特雷滋（Trets）的一座山丘上，被遠方另一座在陽光下閃著銀白光芒的山深深吸引。聖維克圖瓦山（Mont. Sainte Victoire），同行的法國友人在旁提示了我，這就是鼎鼎大名的畫家塞尚筆下不斷創作、修改、探索的聖山原型。聖維克圖瓦山如一隻狹長的蜥蜴俯臥在平原的另一端，仰著頭，聳起背，在畫家筆下歷練了十幾年，以各種面貌、色調、角度、結構的變形爬過了畫家的生命。據說，塞尚在一次野外寫生的過程中心臟病過世，精采的一生最終回歸他筆下那個時而失焦、時而立體、時而堅實、時而懸浮的

自然景致中。

下午，要求友人跟我跑了趟鎮上的小書局，我們把塞尚畫冊裡的聖維克圖瓦山一一找出來仔細翻看，才從不同的畫作及介紹中得知畫家及其一系列聖山作品的背景。我停在其中一座銀白透著淡藍微光的聖山面前許久，那色調是我今早親眼所見的銀白（不，也許記憶已被眼前令人驚歎的作品刷新，不復真實），從銀白中昇華出一抹透澈的藍色光暈，我靜靜地沉浸其中，心中浮現今早眺望聖山時在心裡對她說的話：

「請給我力量在默劇這條路走下去，給我力量先做好這件事。就這一件事。」

遠眺聖山，我的眼眶噙著淚水，彷彿藉由一件事的自我許諾找到一種重量，也許，可以將我穩扎在地，不用飄飄渺渺，遊遊蕩蕩。

第五夜 二〇〇四～二〇〇五

混沌的一年

治療在心理師 Marie 位於艾菲爾鐵塔附近的高級住宅裡進行。在等待最後一名客人到來前，透過六樓的窗，我看著外面那座連結巴黎十五、十六區，有六號線地鐵行經其上的比爾哈金橋

遠眺從銀白中昇華出一抹透澈藍色光暈的聖維克圖瓦山，我靜靜地沉浸其中，彷彿藉由一件事的自我許諾找到一種重量，可以將我穩扎在地，不再飄渺遊蕩。

（Pont de Bir-Hakeim）。經過了夏日的慵懶，十月的巴黎秋高氣爽，所有的人事物感覺已經舒展筋骨，回到各自的崗位上，在冬天來臨前準備好好發揮一番。我眼下的地鐵來來回回好幾班次，客廳裡散坐著六個人，有的閉目，有的打坐，有的東走西走試圖掩飾心裡的緊張，如同我一樣。

「Ça va aller?（一切都好嗎？）」Tina 走過來問候我，臉上還是一貫的慈祥笑容。

「嗯。」我含蓄地回答。

兩個星期前，透過朋友的介紹，我認識了 Tina，一名靈療師。年輕時也是名演員的 Tina，在一部終於等到可以擔任女主角的片子開拍前一天發生了嚴重的車禍。車禍除了讓她身體多處骨折外，臉部也嚴重受創。Tina 花了很多年的時間復健、甚至整型，原以為人生已經徹底毀滅的她，因緣際會認識了一名來自西藏的師父。從小就擁有易感體質的 Tina，在最絕望時彷彿抓到了一絲可以攀附的力量，隨後便跟著西藏師父修行。幾年之後，她不再抗拒，終於明白自己的天命不在孜孜矻矻追求的大銀幕上，而是運用天生的能力去幫助更多的人。

Tina 新染了一頭黑髮，在黑髮襯托下，她碧綠色的眼珠更顯深邃。她向在場其他人也簡單打了聲招呼後便返回書房，心理師 Marie 則走進客廳向大家說明今天活動大致的流程及注意事項。看來，最後一個人不會到了。

「家族排列是一種結合心理及能量運作的治療方式。每個人身上都有家族的印記（les empreintes），它來自你的父母、祖父母，甚至歷代祖先。這些印記有可能是正面的，當然也有可能是負面的。正面負面不是由我們所認為的道德標準來判定，而是你，這個個體，同時也是這無數隱藏印記的載體，與這些印記是否維持在一個和諧的頻率上，如果不是，頻率的不協調與衝撞可能就是你，現在的你遇到如重病、憂鬱、自我傷害的傾向、對人的不信任、恐懼等等問題的原因。家族排列試圖回溯這些一再出現的問題根源，希望能帶領大家的第一步，是去看到它。」

個子矮小的心理醫師 Marie 說起話來溫柔而堅定，她口中不斷提及的 les empreintes 這個字，從發音到原意「指紋」的意象都讓我覺得有趣。幾個世代家族留下的指紋，父親、母親按壓在我身上的（empreinte 翁—畔—特，音從鼻子到喉嚨，最後被舌頭推平至齒間），我也可能無意識地按壓在下一代，下下一代，隱匿，卻無所不在。

這次活動是 Tina 邀我免費參加的，否則就要支付和其他人一樣一百五十歐元的費用。在此之前，我經歷了一個多月的失眠之苦。八月初從台灣回法國後，我又搬了一次家，新的公寓在四號線地鐵最南站，環境清幽，屋況良好。房子打理完，新一年的居留證辦妥，我正準備九月和十月默劇學校和三大陸續開學，失眠的狀況卻發生了。原以為是環境變動影響情緒使然，雖然這種情況很少發生在我身上。

夜裡，我會莫名恐慌，有時覺得寂寞得想要自我消失，想到未來，一種不確定感緊緊壓迫著，我質疑目前所有的一切意義何在，然後不斷呼喚出美好的過往記憶來抵銷負面情緒。一睡著，我就做起事後想也想不起的噩夢，甚至不小心尿了一次床。當情況持續到第二週、第三週，我每天只有傍晚會因為過度疲倦而睡著一兩個小時外，晚上幾乎是在床上輾轉反側或在各種想讓自己入睡的企圖中度過。九月中，默劇學校新學年開始，忙碌的生活及一週五天的身體練習也並未讓狀況好轉。

台灣朋友莉婷介紹我認識了 Tina。第一次見面，Tina 給我一種親切卻又神祕的感覺。當時我對能量治療，甚至能量、氣場、光暈（aura）一點概念都沒有，但也毫無抗拒之感。當 Tina

說我的藍色光暈透著一大片灰黑，我也不覺得驚恐或威脅。從小到大，莫名其妙主動地跑來跟我講些玄妙之事的師父不算少，有的說我是和尚命，應該去修行，有的說我是忠厚的天狗下凡（？），有的說我和父母緣薄，也不會有子嗣，還有說我身後跟著數不盡的前世徒弟（！）。綜合各家說法，好像一出生我就應該遁入空門的。喔！我想起母親曾經提過一件也不知是開玩笑還是真實的事件：懷著我的時候，當時還住在桃園眷村，有天母親在巷口遇到一位托缽化緣的師父，她投了些錢給師父後，師父順口詢問母親肚中的孩子叫什麼名字（連續劇情節？），母親說名字未取，師父便斗膽賜給母親一個「尚」字。於是在我哥哥立德之後，不是立言、立功，而是我，尚德。（父親難道沒意見？）

也許是沾染了和尚的指紋，我這輩子注定與宗教或靈通人士脫不了干係，而 Tina 只是歐洲版的變奏而已，不，她細緻許多。當天，Tina 花了半個小時敘述她所看見的我的靈魂藍圖，她偶爾看著手中事先工作過的筆記，語調和緩，我則靜靜聽著：

「你是舞台上的人。我所指的舞台，親愛的，可以是任何地方。你天生有吸引人注意的能力，不管你表演，說話，或是日常生活裡。Sunteck，可是你自己並沒有看到這點。太多的思考，太多腦部繁雜的推算，讓你把自己蓋起來。」

我看著 Tina，但隨即又將視線從她綠色的眼眸中移開。心裡深處，好像有什麼東西被挑了起來，令人有點不自在。

孤單時可以依靠的溫暖陪伴。

「你有愛人嗎，現在？」Tina 放下手中的筆記，帶著笑容看著我。

「呃……妳的意思是……喜歡的人嗎？」

Tina 又笑了：「我說的是女朋友？也許，男朋友？」

Tina 美麗的金髮散落在雙肩，豐厚的雙頰及嘴唇看得出一絲整型的痕跡。房間內只有一盞橘黃色桌燈的亮度，小桌子上點著的精油吐露著神祕的香味，隨時都可能催人心魂。

「沒有。從未有過。」

我沒再說話，只是繼續聽著自己的生命藍圖。後一個小時，我躺在一張醫療床上，蓋著毛毯，Tina 已經到另一個房間幫我調理能量，我終究睡去，直到她將我喚醒。

「Sunteck，你有很美的靈魂。」離去前，Tina 在給我吻頰禮時說了這句話。Belle âme，很美的字眼，聽起來像 Belles larmes，美麗的淚水。

誰沒有呢？轉身後，我這樣想著。

家族排列治療

「今天活動的進行方式是，每一個帶著自身問題上來的人，可以從其他六位旁觀者裡選出你想要他們扮演的家庭成員，不用考慮性別或其他客觀條件是否與真實一致，憑你的直覺。被選擇出來的演員們，你們會被當事者隨意放置在客廳這個我們圍起來的空間裡，過程中可能出現的互動讓你想要有任何反應或回應，請不要猶豫。」

在進行前五個個案時，我一直是旁觀者姿態，即使五個當事人有的最終埋首，淚不可抑，有的沉入更深的思考裡，五次不同家庭組合的扮演者，有的從頭到尾站在被擺放的位置呈現放空狀態，有的不知是刻意扮演還是什麼原因會突然哭了，或是爆出一句只有對事主本人有意義的話。沒有人選我成為誰的家屬，所以大部分時間我只是像看戲一樣，甚至懷疑治療的可靠性。

我想起 Marie 事前提醒的另一件事：「旁觀也是一種參與，看似與你無關的問題，仔細觀察，那也有可能是你的問題，只是不在你日常意識到的層面而已。今天會來參加的成員組合有其一定的道理。」

第六個個案開始前，看來一直很冷靜的第三個個案，一位法國中年男士，說他不舒服，便向 Marie 請求到房間躺一下。在書房的 Tina 正維持著整個活動的能量場，希望能夠給予這次的家族排列療程有更好的效率。

第六個個案，一位留著中性短髮，身材矮小，臉上帶有一股強悍之氣的法國 Madame（女士）上場。她從我們之中快速地選了兩個分別代表母親和妹妹的扮演者後轉向我：「請你當我的先生。」她的請求幾乎像是命令一般。

儘管如此，我還是感到興奮，終於有參與感了。Madame 將母親和妹妹安置好，轉而要我站在離她們三個人都有段距離逼近牆角的位置。除了心理師 Marie 和 Tina 之外，我們並不知道彼此帶來的問題是什麼，過程中，Marie 會以協調者及引導者的角色適時介入。在前面幾個案例裡，Marie 在觀察場上的互動及發現可能的問題點之後，會開始引導當事人去和扮演她的親屬，甚至她本人的扮演者做溝通，如果有嚴重情結，便嘗試去幫雙方達成一種象徵性的和解。和解可能只是一聲對不起、一個擁抱，有時難免狗血，當然也有僵滯或無動於衷的情況，這時 Marie 會試著引導場上的流動，有時則讓個案當事人停下來，深呼吸；畢竟，要面對自己的心結的確是件困難的事。

六號 Madame 親自上場，不需要自己的扮演者，她的強悍也展露在處理媽媽與妹妹的關係上，她甚至取代 Marie 的角色，要妹妹向母親道歉。

「妳十五歲逃家，十年後才出現，妳當初追求的灑脫與獨立，結果只造成一個日後不斷以咆哮及憤怒掩飾自己深切罪惡感的母親，當然，還有一名受害者，我。」一股強烈的氣流隨著 Madame 的指控升起，站在邊緣的我，是觀者，卻又似乎無法置身事外。在妹妹的扮演者掉下眼淚，雙肩及整個脊椎都已坍塌，更強的指控旋即又起。「我不是誰的替代品，我有自己的個性，自己決定該往哪兒走、該做什麼樣打扮、甚至該不該離開家的權利。媽媽，我陪在妳身邊夠久了，妳禁錮我夠久了，當我四十歲終於有了自己的家庭時，妳應該祝福我的。而不是……」她氣喘吁吁，沒有把話說完。我看著客廳裡其餘圍坐的觀眾表情凝重，場上的母親扮演者只是直愣愣地看著眼前發生的事，沒有過多回應。Marie 輕輕地拍了六號 Madame 的背，給了她一杯水，同樣也安撫了一下場上的另外兩名扮演者。

這段處理的過程相對耗時，四十分鐘過去了，我還在角落站著，直到——

「妳對先生有什麼話想說的嗎？」Marie 問。

六號 Madame 先前的氣焰像是剎那被抽空一般，說起話來開始閃爍支吾。Marie 鼓勵她靠近我一兩步，她猶豫了一下，我眼前的她就像是犯了錯的小女孩，表情閃躲，身體畏縮。但奇怪的是，正當她終於朝著我走近時，一股明顯存在的氣流突然把我向後推了一下，我往後跌了一步，右手打到牆壁，還沒來得及反應當下詭異的情況，便已經脫口而出：「不要再靠近我了，妳的存在給我太大的脅迫感。妳背著我和其他男人在一起，一個換過一個，我都知道，沒有戳破妳的謊言是因為我給自己和妳留了一個安全的距離。但顯然妳並不這麼認為，妳一直要打破我的底線……」

我突然打住，為自己不經思考便劈哩啪啦講出來的流暢法語及內容感到訝異；訝異之中，又有句話如鯁在喉，我愣了一下，不確定該不該說，因為它的嚴重性可能讓方才建立的某種事實感變得可疑虛假。但，也許那個事實本來就是被虛構的呢？

「所以我自殺了。」我盡量一個字一個字不帶情緒地唸出來。

午後射進來的陽光在我眼前開成亮晃晃的一片，客廳裡的物件、擺設以及所有人的容貌變得好清晰；透過身後半開的玻璃窗，六號地鐵行經時發出的金屬噪音不時傳來，我在等待著其他回應。

我想，方才，全場的人包括心理師 Marie，當事人六號 Madame 都被那句話震懾住了。Madame 事前顯然沒有和心理師提及丈夫自殺身亡的事，而以我當下的感覺判斷（那一股把我推倒的透明氣流某個程度說服了我——也許真實是隱藏未見的），她也不知道（或許不敢承認）自己其實是丈夫自殺身亡的關鍵因素。

六號 Madame 沒再有任何動作，她目光低垂，嘴巴唸唸有詞，在她轉身和心理師 Marie 說

「今天就到此為止吧」這句話前，我想我讀到了她破碎的字詞裡的意思——Je suis vraiment désolée，真的很抱歉，她說。

望鄉

Marie 提議在進行最後一個個案前再有一次十五分鐘的休息時間。六號 Madame 在 Marie 的耳邊說了幾句話後便拿著包包離開，她們另外約了時間見面。我到廁所去洗了把臉，想把殘留在身上一股不舒適的氣息洗掉。

輪到我上場時，場上只剩五名參與者，而除了重新歸位的三號先生外（他顯然睡了個好覺），經過一整個下午身心的奮戰，大家早已疲態盡露。Marie 要我開始選擇扮演者，五名觀眾，剛好成為我家成員：三號男士飾演我的哥哥，一位約莫六十幾歲、身形瘦高、滿頭華髮的法國太太成為我的父親，母親由一位整場都相對沉默的女士扮演，兩名似乎是相約而來的年輕小姐則成為我的兩個姊姊。在隨機將他們各自定位在場上後，Marie 問我：「你呢？你把自己擺在哪裡？」我腦海一片空白。

Marie 給了我理解的眼神，接著要我站出來看自己剛才隨意擺置完成的畫面。從場中間離開，退到 Marie 身旁，往那五個扮演者排列出的畫面一看，我倒抽了一口氣。場上五個人完全沒有交集，哥哥姊姊散在客廳四處，母親被我擺在幾乎偏離客廳的位置，背對著所有人，我的父親站在場中央，目光卻望向窗外。那麼我在哪裡？我應該在哪裡呢？

Marie 想要先處理我和母親的關係。她詢問母親是否願意轉身面對我，而當母親轉身時，一股與之前類似卻是從下方湧上來的強大氣流，從我的腳底往上猛灌，好像要把我連根托起，我的身體沒動，可是全身上下，尤其心臟，卻被抬至一種倏然騰空的恐懼裡。

「等……等一下。」我央求的不知是 Marie 還是我的母親。Marie 要我慢慢來，沒關係，緩了幾秒鐘後，她問我，你有什麼想和母親說的嗎？看著母親的扮演者，這一切簡直比演一齣舞台劇還要荒謬。我搖搖頭。我不會讓自己像六號 Madame 那樣歇斯底里的，雖然，有那麼幾秒的時間，我的情緒帶著一股不確定會是什麼樣的激烈話語準備爆發，只是被理智壓了下來。Marie 轉而詢問母親也同時問我的意願，是否可以彼此靠近，我們雙方都點了頭。

那幾步走得並不困難，事實上，我覺得，場上的連結在剛剛已經斷裂了，在我面前的只是一個單純的法國太太，所以當 Marie 進一步詢問我們是否願意給彼此擁抱時，我們幾乎都沒有猶豫地擁抱了對方。場上哥哥姊姊的扮演者們倒是在這個時候紛紛轉身觀看。當我已經準備好結束這場自己認定不會成功的療程時，Marie 要我走到那個滿頭白髮、高瘦，扮演我父親的法國女士面前，「你覺得父親在看什麼呢，Sunteck？」

好奇地側過頭，我發現全場唯一沒有受剛剛母子大和解影響的是我父親的扮演者。她的眼神一直望著窗外。

「我不知道。」

「你想知道嗎？」Marie 問。

「也許。」我語帶挑釁。

「您願意說嗎？」Marie 轉向父親的扮演者。

「……一些人……我看。很遠。」父親的扮演者沉默許久後，看著我說了些碎裂的句子。她表情嚴肅，凝重，有種奇怪難辨的情緒，但抓住了我的好奇心和注意力。

Marie 接著走向我兩個姊姊的扮演者，然後對著場上所有人宣告解除她們的角色，並要求她們站至我父親身後，接著 Marie 詢問父親：「您知道身後的兩個人是誰嗎？」我不太明白 Marie 這個突兀並且看起來草率的舉動，但父親幾乎不做考慮地回覆：

「她們從遠方來。一個是我的親人，一個是我掛念的人。」父親緩緩說著，幾句話在我心裡自動轉譯，幾乎是我的父親會有的語調與神情。然後我猛然想起，三天前，和台灣的大姊越洋電話時，她提及家裡最近發生的一件大事：祖籍江蘇武進的父親從小有個青梅竹馬，兩人一起度過童年許多快樂的時光，後來父親娶妻生子，投入軍旅生活，沒想到跟著蔣介石的國民黨軍團一路打仗甚至撤退到台灣後，與家鄉一別便是四十餘年。

如同那個時代幾十萬的外省軍人一樣，父親在台灣落地生根，有了新的家庭，新的人生。

我在哪裡？我應該在哪裡？

大姊電話裡提到的是，父親自兩岸開放探親後陸續回武進老家幾次。第一次去，見著了當時還在卻已高齡九十八歲的老母，其後，父親每次回去都想彌補當年的遺憾，盡其所能地在經濟及物質上滿足留在家鄉的老婆、兒子和孫子。此舉，當然引起母親極大的反感。然而，父親的遺憾可能不僅於此。大姊說，上個星期有通從大陸打來的電話，接起電話後的父親在短短幾分鐘內全以家鄉話交談。掛上電話後，平常理性嚴肅的父親顯得情緒相當激動。

電話的那頭，從七十年前的時空中走來，父親的青梅竹馬。

為此，父親說要再回老家一趟，母親當然強烈反對，事情便膠著著，不知後續如何。我看著眼前的父親扮演者，再順著他身後看過去那兩名對我而言極度陌生的人，剎那間，有點錯亂，彷彿一個新的家庭在這個時空裡形成了，我牽涉其中，卻不知如何進退。

「Sunteck，」Marie 看著我，「你父親在一個他或許已經適應了的地方，但他始終，」Marie 用字很小心，「望著他的原鄉」，「就像你現在一樣。也許，只是你自己還沒意識到而已。」

閉上眼，一個月來內心的恐慌與各種自己編造的悲劇腳本片段浮現腦海，我在巴黎幾近沉迷地已搬了六次家，無人傾訴的寂寞，對於愛的無能，永無止盡的自我矛盾，我的謊言……

幾個月後，我決定回台灣一趟，坦承這五年多來一直瞞著家人的事實。

五年前，為了怕家人不同意，我騙他們說在法國學的是企管，這個選項很快獲得爸媽和在家說話最有分量的大哥一致認同，儘管我從小對數學一竅不通，對錢財的觀念接近出家人的思維。

五年多來，對著家人，說過多少自己都不明白、臨時胡謅出來的話，只為了圓第一個謊言。我甚至告訴爸媽，我在一家巴黎的台商貿易公司實習，事實上，就是那間名叫福爾摩沙疑似著災的餐廳。

這經年累月的謊言公開時，我正坐在二姊位於板橋十九樓家中，面對整個家族老老小小。吐出的事實，字字都沉重地敲打著自己的耳膜。

那天，家人輪番砲轟、指責，母親聽到我念的是戲劇，搖頭嘆氣，擔心我會染上毒癮（？），交上壞朋友，大哥說我對家人和自己都不負責任，父親則是一貫沉默，但沉默有時遠比任何反應都要令人害怕。

二○○五年夏天，我回到巴黎，心頭一塊重擔卸下，卻換上一股陰霾籠罩。我換了一所默劇學校，三大碩士班的論文寫作繼續，失眠的狀況沒再出現，秋天來臨，一切似乎重回軌道，然後，下個春天到來時，突然間，我決定回家。

第三章／祕密與謊言

我在憂傷的時辰杜撰
在杜撰的同時隱藏
……
用孤獨
抵抗自己的懦弱
用無以排遣的感傷
抵抗時光
用失敗
抵抗他們的成功

——羅智成・《黑色鑲金》

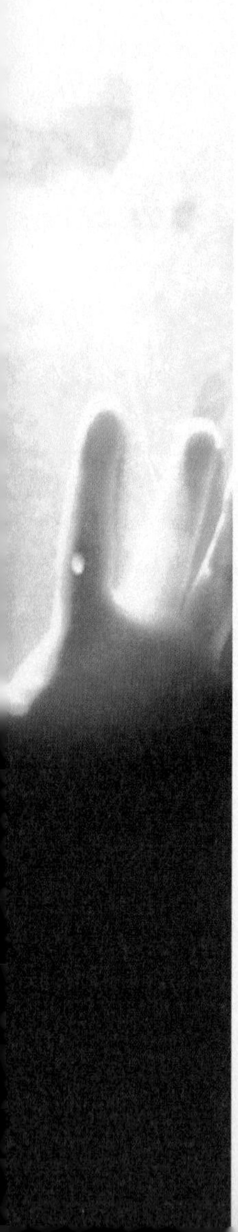

《孩子》DM。（劉人豪 攝影）

那是段漫長的日子，
自己的戰鬥，沒有人知道，
除了頻繁的遲到紀錄外，
一切都被包裝得很美好。

慘綠少年

「大人大種了，還在這給我哭！我現在沒時間處理你這邊的事頭！」

「學校是你說不去就不去的啊？」

「我賺錢不是給你去翹課逃學的！」

熱氣不斷從三層疊起的竹編大蒸籠裡竄出，地上一鍋剛煮好準備放涼的豆漿持續噴薄著白煙，碗櫃上靜靜躺著的是一碗碗鑲嵌著肉臊油蔥的碗粿，外頭下著雨，要不是進進出出的人帶來了流動，否則熱氣與各種食物的氣味，甚至兩組快速爐滲出的瓦斯味全都要封在這五坪大的廚房裡。

母親端著一碗剛舀起的豆漿和包好的飯糰從我身邊掃過。「頭家娘，我自己拿喔！」鄰居大嬸和母親打了聲招呼後順著轉進廚房，她從燙手的蒸籠裡熟練地撿起一顆饅頭和包子，注意到了站在廚房中央一動也不動的我，「小胖，你佇這做啥？唉呦，在哭喔！」我意識到自己不知捏著多久的拳頭竟有點酸了，「恁小胖是在哭啥啦？」大嬸往正返回廚房的母親投去，我的白色制服不知是因為淚水還是悶熱，胸前已經濕透。

「無路用！讀國中了！還那麼愛哭！」

「別給我擋在這！我要做生意。」

母親凌厲的話語一波一波，就像是蒸籠噴出的熱蒸氣一樣令人難耐，我一股怒火在胸腹間來去，再一句，母親再來任何一句話，就可以點燃並引爆一切。

「幹嘛不想上學？身體不舒服？」僵持之中，突然接過話的是方才一直在店前忙著的父親，平常不苟言笑的他，此刻語調輕柔，盡顯關懷。父親手裡拿著一副車鑰匙，雨天，他總要開車送我去公車站牌搭校車，有時索性一路把我從樹林載到位於新莊的學校。

我依舊悶不吭聲。心裡抱持的想法是：無論如何今天都不要去上學，或許，明天，大後天，一輩子都不去了。熬過了痛苦的初中一年級，沒想到新的學年開始，我就被送進一個更加悲慘的——實驗班。在這菁英匯集的班級裡，我的成績只能墊後，而針對成績墊後的學生，老師們各出奇招，處罰方式林林總總，我想，這就是**實驗班**的真義吧。然而，對我而言，體罰的痛苦都比不上來自同學的侮辱那樣令人沮喪。幾個成績頂尖、性格惡劣程度也頂尖的男同學，會趁我上課打瞌睡時拿橡皮筋射我，**沒看過這麼哮呆的人**，他們說。**老鼠屎**，不，他們更正，**一坨肥老鼠屎**。

唉，不知道出了什麼問題，升上中學，戴上近視眼鏡，一切都不對勁了。

在這所講求升學率的私立學校，有許多事是理所當然的，比如說，男女分班（相隔一個操場的距離），比如說體罰、晚自習、大考排名、小考排名、依照排名選座位、同學間的勾心鬥角等等，所有的理所當然對我而言都是卡在喉頭難以拔出也無法吞嚥的刺。撐過了二年級上學期，寒假結束，隨著青春期身體的變化，那原本無法吞嚥的理所當然，在體內化成一股強烈的焦躁，隨時都會爆發。

昨天，段考結束，我一個人在學校司令台罰跪兩個鐘頭。事情的起因不知道是我的不誠實還是我的太過誠實。當天最後一科歷史考試結束，監考老師考卷收完轉身離開，班導便一臉臭地走進來。她把專屬的打人板子往講桌上狠拍，代誌大條了！「剛剛考試作弊的人，自己站起來！」身材矮小的班導一股氣勢叫人不寒而慄。同學們面面相覷，唏唏嗦嗦地低聲交談起來：誰作弊啊？誰那麼笨作弊被抓到啊？

班導嘴角透著一絲詭異的笑容：「不敢承認是吧？我在後面看得一清二楚。」這所學校最引以自豪的變態構思，便是教室後方都有一間班級導師的單人辦公室與之相連，透過窗戶，即使不是班導的課也可以隨時監控。不妙。我竟然疏忽了嗎？班導是看見我從鉛筆盒裡面拿出小抄，還是抓到我企圖偷瞄斜前方同學的答案呢？我的腦袋無法運作，不，我得保持冷靜，否則那群平常見獵心喜的同學會嗅出我的不對勁，然後一舉將我活剝生吞了。

「好，很好。敢做不敢當。沒關係，我給你下午兩節課打掃的時間來自首。否則，我們就看著辦。」

班導凌厲的眼神橫過教室，我試圖佯裝堅定看著她，但心裡早已方寸大亂。在這個所謂的實驗班裡，大半的人都自詡為前三志願的準預備生，他們自成一圈，吃飯、討論功課、活動分組都綁在一起，形成一種會員制的菁英團體。那是我如何努力也無法進入的世界。這個班上，唯一確認我的存在感的只有英文一科，其他，甚至體育課，我再怎麼努力也無法搆到這個班級要求的標準。其實，作弊，不只是為了表面上被同學接納，同時也希望能少被打一點。我的中學是一連串的啪嗒聲以及一片片紅腫的記憶所串連起來的。藤條抽在手掌心，這個動作對心理的運作要強過身體許多。痛，可以適應；屈辱感難以消弭。

歷史老師是學校的教務主任，他虐待人很有創意，手心、手背、手指，連耳朵都是可以下手的地方。大考作弊被抓到，這可是班上的新鮮事，大家會如何處理犯罪者呢？同學之間的輕蔑，我不陌生，學校記警告？通知家長？也許我可以接受，還有呢？

全班同學都在等，誰是那個走進辦公室的人？下午第一節打掃開始，答案揭曉。

「什麼事？」正在改考卷的班導抬起頭來。

話到了嘴邊，我突然又懦弱了。

「姚尚德，什麼事？」她語氣顯得不耐煩。

「老師，對不起，剛剛歷史考試我作弊了。」好了，就是這樣了，該來的就來吧。

「咦？你也有嗎？」

（咦？沒有我嗎？）

「剛剛吃飯已經有人來找過我了，好啊，沒想到還釣出你這隻漏網之魚。」班導嘴角掛起一道得意的笑容。

好個陰險的同學，竟然能瞞過所有人的耳目就這麼自首了。

下午，班導要我跪在學校司令台上兩節課做為處罰，雖然她還特別通融讓我將歷史課本墊在膝蓋下方以免過度疼痛。「要你記住歷史的教訓！」班導自以為是的冷笑話。我背對著操場跪著，偌大的蔣公遺像在我面前，歷史課本不夠大，我只好讓它在兩個膝蓋間輪轉，誠實換來的，是從未有過的屈辱。

打掃時間，全校學生可以自由走動，班上幾個平時愛捉弄我的同學當然不會放過如此大好的機會，各種諷刺嘲笑的言語在我耳邊，**肥豬，作弊活該被抓，哮呆……**眼睛閉上剝除不了聽覺，當然也無法將這個世界一筆勾銷。班導沒有記我警告，也沒要我通知家長，當我兩個小時後抖著雙腿勉強站起來時，她說她網開一面，下不為例。然後我抱定主意，明天不會再來這個鬼學校了。

儘管如此，一夜過後，因為沒有任何具體的計畫，我只能佯裝生病，但一下便被母親識破。以極度拖延的狀態穿上制服，背上書包，我下到一樓，強烈的排斥感突然湧了上來——不，去不了學校，我的人生注定全盤皆輸。母親正在廚房忙著照顧瓦斯爐上那一大鍋的熱豆漿，見我不想上課的扭捏模樣，她毫不客氣地數落起來，那副刻薄碎唸的嘴臉之下，我一把積攢已久的屈辱及憤怒之火燒得越是熾盛。「上學幹嘛？那種鬼地方。」話一落下，眼淚就跟著掉了下來。

無路用的東西！養你不如養一隻狗——這是一位母親給她不爭氣的兒子的回應。

在父親介入前，我已經重新握緊拳頭，醞釀著同時要了結什麼東西……

老父親

父親試圖化解廚房裡的尷尬，他抓著我的手臂往外走，車鑰匙還在他的手中，店裡用餐的客人紛紛轉頭看著狼狽不堪的我；於是，我依舊緊握的拳頭化成一股勁，掙脫了父親的手掌，甩開了書包，整個人便往雨中跑去。雨水落在身上，剎那間帶來了極度的不安，但隨著奔跑，這種不安很快地就被代謝成一種自我放逐的興奮——一切都無所謂了，你以為，自己可以這樣永遠地跑下去。

拐過街角，繼續跑，身體從來沒有這麼快速、這麼堅定過，所有的不快樂似乎都被甩在速度之後，那些討人厭的嘴臉和理所當然的規定、變態與常態，當然，還有那「無路用」的稱號。迎面而來的雨水及寒冷讓我不知道眼淚是否仍然在流，路的右邊是小學上下學必經的農田，新插上的稻苗，泥濘的田埂路，衝過去，也許就是桃花源了，沒有淚水，風光明媚。

雨勢不見趨緩，白色制服連同深藍短褲及一雙皮鞋吸了雨水的重量，好像隨時都可以將我拖進地上任何一處水窪中。在田埂起點，我停了下來，氣喘吁吁。越過這片水田，是否可以回到童年，在所有狗屁倒灶的事發生之前，在那個老人還沒進入我的生命之前，那個時候，生活裡最需要擔心的只有體育課的田徑考試，沒有其他的了。沒有其他的了。過了這條路，我也無須擔心現在正從雨中蹣跚而來的另一個老人——我的父親，六十六歲的父親——是否會一個踉蹌跌進我永遠的後悔裡。

「弟弟，你回來！」全身濕透的老父親像是用盡了剩餘的生命呼喊。那外省腔調，那姿態，我日後常想，是否在父親鮮少提及他年輕時離開家鄉、步履戰場的日子裡出現過，那種強烈地求索一種回復，一種逝水年華的喟嘆。我的步伐並未移動，漸漸地也如一株稻苗般，立在濕潤的鬆土地裡，也許往下生根，也許就被輕易拔起。在父親及伴隨著的大姊到來時，我將目光重新望向水田彼端，現實，終究無法跨越。

遲了兩堂課，父親還是送我到了學校。一路上，我們沒有說話。我想著方才在雨裡大姊對我咆哮的字句：「你忍心讓爸爸這樣追著你啊！姚尚德，不要這麼不孝好不好！」我們三個人頂著一把只剩裝飾功能的傘，傘下，雨在三人的臉上流淌。

到校後，父親與班導在辦公室外交談，我走進小考進行中的教室，沒有引起太多人注意。看著桌上的數學考卷，一大片待填的空白只有加深我體內的寒意，強忍哆嗦，拿起筆，我寫上自己的名字，無意義的名字。

和氣商行樓上，我的孤單

水源街上，和氣商行直立懸掛的黃色看板十分醒目。在那個連鎖便利商店還沒入侵的年代，和氣商行有過一段輝煌。父親從桃園的眷村帶著全家遷居樹林後，在這個當時冷門的小鎮開了這麼一家雜貨店。一樓的店面賣米、酒、菸、文具、零食、罐頭等各式雜物，為因應附近眾多的工人家庭所需，雜貨店也兼賣起早餐、午餐，夏天還有刨冰。外省籍的父親與南投農村出身的母親胼手胝足，事必躬親，店內的包子、饅頭、豆漿、米漿、油條、牛肉、滷菜等食物都不假他手。他們每天清晨四點半起床，晚上算完當日的帳目、準備完隔天的食材後，入睡時也幾近凌晨。父母總是忙碌，沒有過多的時間陪四個孩子。全家出遊這件事，我努力從記憶裡尋找卻始終喚不出任何的畫面來。倒是有第一次麥當勞的草莓奶昔（當時全台北市第一家）、基隆和平島的海蟑螂，以及板橋水上樂園等片段回憶，不過都是兩個姊姊帶著去的。

父親軍人性格，做事嚴謹，說一不二，憂喜鮮少形之於色。一九二二年出生的他，五十三歲老來再得一子，總覺得父親在我出生之前就已老去，兩個世代的鴻溝橫在我們之間，加上父親的少言，父子間始終沒有熱絡的互動。然而，父親卻一直都在，總盡其所能地滿足四個子女的要求，雖然我們所要的，往往都是些諸如生病打針後可以換得一本《哆啦A夢》或是外面賣的小零食等格局不大的東西。父親對子女的管教甚嚴，在鄰居小朋友幾乎人手一只掌上型遊樂器或是家中安置任天堂紅白機、閉路電視時，父親只會對我們說，玩物喪志。這個詞出現在父親與我的對話裡好多次，也許，日後我對於各種電腦、機械遊戲的無感（及無能）其來有自。

沒有這些同儕間可供炫耀的玩具，我的童年還是找得到快樂的出口。與鄰居同伴間的捉迷藏、紅綠燈、報紙人（自己研發的）、跳高、大白鯊（鄰居大叔的卡車成為閃避大白鯊攻擊的孤島）、芭比娃娃斷頭秀、田裡的焢窯、火爆福壽螺、週末校園裡的盪鞦韆、漫畫書、霹靂遊俠李麥克、咻噴噴咻噴噴的布袋戲小金剛、金獅王的口水氣泡等都豐富著我的童年時光。

大部分的時間，我是獨處的。父母親忙著照顧店內生意，親子間有品質的對話並不多，而哥哥常年在美國，兩個姊姊不是在外地讀書就是忙著自己的事情，況且我與大哥、大姊、二姊分別相差十三、十一、九歲的事實，也讓我們始終保持一種行禮如儀般的互動，很多話無法對他們說，當然那種兄弟姊妹間互相打鬧玩樂的情況也幾乎未曾發生。放學回家，二樓通常就是我一個人的世界。自動寫完功課，看一小時的卡通，下樓吃晚餐，如果隔壁陳金錢或李佳蓉沒來找，我就回到二樓，獨自拿被單玩著扮演的遊戲，或是聽著大姊買回來的黑膠唱片或卡帶：

膽小的孩子怕老師，那麼怕，
怕成逃亡的小兵，
鎖進都是書的牆壁，

一定不肯，不肯拿綠色的制服，跟人比一比……（〈軌外〉）

齊豫、三毛、潘越雲的《回聲》專輯陪我度過了無數個夜晚，我時常一首接過一首地跟著唱，〈軌外〉的人生，〈七點鐘〉，〈曉夢蝴蝶〉，少年不識愁滋味，卻已經有了遠方的嚮往：

這是最後一夜了，面對面，坐著沒有終站的火車，明天要飛去，飛去沒有你的地方……（〈飛〉）

孤單的概念，我想，就是這個時候開始生成的。

吹風的小龍女

每遇颱風天，我就喜歡一個人站在三樓的陽台上吹風。一開始是想學潘迎紫的小龍女，還偷剪了當時在紡織廠工作的大姊帶回家的白色蠶絲布當作緞帶披在身上，迎著風（感覺）飛翔。蠶絲布在風中啪嗒、啪嗒作響，東敲西擊地像在空中探尋著什麼，而為了擁有更好的效果，我會再攀上鐵皮瓦的屋頂，享受身體在風中被扯動的感覺。颱風天的屋頂，成為我的祕密基地。

在連鎖便利商店還沒入侵的年代，外省籍的父親與農村出身的母親胼手胝足，在小鎮開了「和氣商行」這麼一家雜貨店。

有時，風伴著強大雨水來臨，我披著雨衣——不顧危險，家人也從未發現——依舊試圖站上屋頂，居高看著狂風驟雨搗亂一切的景象，然後在混亂狼狽之中，窺見風的線條。總想，如果可以拉上其中一條線，也許，便可遁入天際，從此無影無蹤。在自我意識初初啟蒙的那個年紀，我於是經常性地感覺一種疏離的狀態：和鄰居玩捉迷藏躲到一半，突然覺得無趣，就走出來逕自回家；學校考試寫得再順手，我也偶爾會像跳掉的電路一樣，停止手邊動作，看著周遭，然後覺得一切無比荒謬，無比乏味。小學的後半時期，我便能自如地在群體活動中獨自開闢一個內心的空間，跳出，遁入。

母親常說我怪，也曾幾次脫口說出：「幾個孩子裡就你最孤僻」、「怎麼會生出這樣的孩子」諸如此類的話來。所以當大哥有天煞有其事地對我說：「其實你是撿來的，你真正的名字叫李平。」我豁然開朗，彷彿找到一切的解答，然後開始在腦海中醞釀一段如同《咪咪流浪記》般出走尋親的旅程。

尋親之旅當然沒有落實，大哥說的應該是玩笑話，但李平的出現卻意外地給了我那經常疏離出去的狀態一個形象的依託。他開始以一種生命姿態存在於那片小龍女無法遁入的天空裡。李平擔下了成長歲月裡我所有出格和孤僻的行為，以及外人追加其上的不解和批評；當然，他也擔下了日後一九八七年那個事件帶給我的創傷與無以復加的自責感，把它壓在天空的最深處，深到我見不到，深到我一度遺忘了。

事件，一九八七，之一

橘黃燈泡裡，被點燃的鎢絲發出低頻的哀鳴。ㄣ……ㄣ……

我試圖回想，自己怎麼走到這裡的？

兩個月前的小學畢業典禮上，我開心地領了縣長獎，導師接著在最後一次班級的談話中逗哭了同學，父親領我走出學校，他說，私立中學比較好，升學率高，於是捨棄了就近的學校，我成為新莊某所私立天主教中學的學生。八月，國一新生暑期先修班開始，假期結束，童年掰掰。樹林往台北的公車行經新莊，大約三十分鐘後，新莊國中站前，我要按鈴下車，越過天橋，經過早餐店、文具行，抵達學校——父親慎重其事地陪我坐公車演練了一次，畢竟在此之前，我從未單獨離家外出到樹林以外的地方。

學校髮禁，男生全頂著三分頭，新的制服、新的書包、黑皮鞋，一個個不管胖瘦高矮，都像是同工廠生產出來的。第三個星期，中學的課業壓力顯然已攀附上我們的身體，腳步重了，肩膀沉了，喉結與青春痘也被擠了出來，八月不再是過去那個慵懶的八月，數學習題也不再可以那麼樣輕易地被解決。讀書，原來是極度耗費體力的事，這是上了中學後的第一個認知。

這天，一樣的樹林—北門號公車，一樣竹軒麵包店門口的候車點，厚重的國文參考書捧在手中，仰頭、低頭，眼睛時開時閉，嘴裡反覆咀嚼著空氣——這是兩星期以來因應環境身體逐漸形成的姿態。不知道疲倦感是在哪個路段將我擊倒的，新莊國中悶不吭聲，當我醒來，車子正在一座陌生的橋上行駛，司機泰然自若，其他乘客也是。我緊張地豎起背脊，試圖從車窗外不斷過眼的景象中攫起任何一個記憶的連結。不對，整個都不對了。

爸爸的演練裡並沒有這種情況的發生，我突然傻了。車子繼續行駛，到站，停，有人下車，有人上車。我怎麼會犯下這麼一個錯誤？

車內乘客逐漸減少，司機偶爾從駕駛座上方的後照鏡瞅著我，他發現什麼不對勁了嗎？沒有，抵達終站時，他只跟我要了三塊錢補票，沒其他的了。我投了錢，傻愣愣地下了車，發現自己完全失去了座標。我心慌意亂，同時間卻又被周遭一切陌生的人事物和建築吸引著。

一年前，姊姊帶我來過台北城一次，麥當勞的草莓奶昔味道還鮮明地在記憶中。我離開了終點站牌，開始跟著人潮走，偶爾停下腳步，好像身體自動嗅聞著當時那個濃郁的草莓氣味，那間麥當勞，該是在這個轉角過去還是哪裡呢？心中有股堅強的信念，一定可以找到的，然後姊姊的公司就在麥當勞附近……人潮突然間在一個路口變得複雜龐大，紅綠燈帶來了更多的車輛與喧囂，不遠處，有個被圍籬圈住的工地塵土飛揚，我跟著一批人潮往那方向走去，人潮分流，有的繼續往前，有的則進入了工地旁那棟四方塊的建築物，台北車站。咦？跟一年前的台北車站怎麼完全不一樣了？那座工地不是應該才是車站該在的位置？為何偌大的車站轉瞬之間

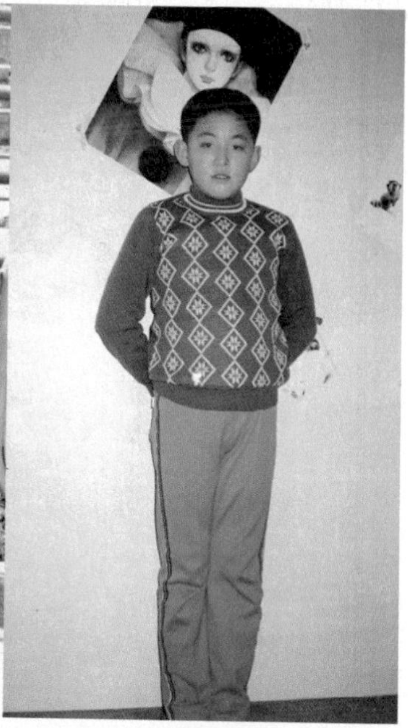

由於父母親忙著照顧店內生意，童年大部分的時間裡，我是獨處的。我經常感覺到一種疏離的狀態，母親也常說我怪，所以當大哥煞有其事地說我是撿來的孩子時，我豁然開朗，彷彿找到一切的解答。

變成了一堆塵土與混亂的結構？還是我記憶有誤？但我終究還是想起了這時候才更應該解決的問題——我迷路了。

跟著另一批人潮離開了車站，想要找回原來的路標及公車站牌，但失去方向的我，只能被清晨上班的人群一路筆直地推到了另一條陌生的街的盡頭。緩下腳步，喘口氣，馬路對街有座公園。天空這時傳來陣陣的悶雷聲，抬頭，原本晴朗的天空就在我的匆促行進間烏暗一片。雨，似乎就要下來了。學校第一節課早就開始，早自習的國文小考我原本很有信心拿滿分的。班導發現我沒來會怎麼處理？她會通知爸爸媽媽嗎？爸爸媽媽現在一定很擔心。我在街角發現了一具公共電話，摸摸口袋，還有一個十塊錢銅板，拿起話筒，投入我全身上下的財產，按下家裡的號碼……

「媽！」

「幹嘛？現在打電話回來幹嘛？」母親的回答，顯示學校還沒通知家裡。

「我坐車子睡過頭，現在不知道在哪裡啦！」

「恁係在扮哪一齣？沒去上課嗎？」

「就……就睡過頭了嘛！下車就在台北了。我不知道怎麼辦啊！」媽媽總說我愛哭，但此刻，眼淚就真的不爭氣地流了下來。

「你去找警察啦！」媽媽的語氣明顯不耐煩，我知道這個時間點，家裡還是相當忙碌的。

電話那頭傳來的聲音透露著強烈的指責與不耐，今天回家，我鐵定又被罵到死。嘟～嘟～嘟～十塊錢的電話額度還沒用完，媽媽已經掛上電話，剩下的幾塊零錢就這麼大方地消失在那一小方的螢幕顯示上，我身上全部的財產。

警察叔叔去哪找呢？公園裡也許會有吧。過街，從石頭砌成的入口進去，公園脫離了台北城的匆忙擾嚷，自成一格。然而，樹木繁多，原本應該鬱鬱蔥蔥的景象，不知是因為樹蔭繁密還是天陰無光，這座公園籠罩在一片灰濛低迷的氛圍中。幾個像是剛做完晨間運動的老人有說有笑地從我身邊經過，準備從入口處離開，我還在猶豫要不要開口詢問，第一滴雨水便已狠狠地打中了我的臉頰。

急促的雨水沒給應變的時間，迅速驅趕走我眼前所有生命，這才意識到雨打疼了身體。抓起那深藍色的新書包頂在頭上，唉喲，好沉，我一股勁地往公園深處跑去。幾座紅色蓬頂的仿古八角亭很快便出現在視線內，我往最近的一處加速奔去，入了亭內，扔下書包，皮鞋吃了水，也吞進大半截的白襪子，濕濕悶悶的真不舒服。褲子口袋僅有的兩張摺疊起的面紙幸好尚未濕透，我小心翼翼地取出來，想將頭頂上的雨水拭乾。無奈，面紙很快便濕成一團紙泥巴，我將它們放在手掌裡揉捏，看著漸大的雨勢，無計可施。

我的這些舉動都看在周圍的三雙眼睛裡——三個老伯伯，約莫父親的年紀，清一色的西裝長褲、皮鞋，身著白色或花色的襯衫，他們不發一語地打量著我。我向他們點點頭，就像父親教過的一樣，見著長輩，就算不認識，也得打招呼以示尊重，接著便在上了紅漆的石長凳坐了下來。

「全都淋濕囉！」穿著花襯衫的老伯伯開口，外省口音，我想，會不會是父親的朋友，但他一句話莫名其妙地激起另外兩個人的笑聲，他們臉上的老人斑及皺紋在笑聲裡顯得張狂，他們持續地打量讓人感覺不舒服。

「小娃兒幾歲了啊？念中學了？」「不是放假了嗎？還上學？」「濕的衣服不換下來，怕要著涼囉！」兩個花襯衫老伯伯像唱雙簧，彼此的話語緊密交疊著。

「來，這手帕，你再把頭髮擦擦！」白襯衫老伯伯伸手遞出一條藍色滾灰邊、摺得四四方方的手帕到我的眼前。我看著手帕，又看著老人家，不知該做何回應。老人家伸出的手也許瘦了，微微抖著，我低聲拒絕，便將視線往亭外瞥去。大雨將公園內的景物輪廓磨得稀稀糊糊的，依稀之中，卻有幾對銳利的目光從另外幾處亭子射過來。我試圖辨別目光的主人們——幾個八角亭下坐著、站著的都是眼前這三個老人的複製，同樣的穿著樣式、神情，眼裡都透露著說不出的怪異。雨水帶來寒意，我用雙手手掌摩擦著手臂取暖。第二節數學課或許也已經過了，討厭的數學課。

雙簧老伯伯竟然彼此搭唱起一首歌曲，刻意捏起的嗓子，在這片轟隆的大雨中卻意外地清脆好聽。白襯衫老伯還是拿著手帕，他眼神裡多出的孤單落寞和臉上已近石化的笑容形成強烈對比。那孤單，我明白幾分。哈啾！濕氣終於滲進我的身體了。

「這樣下去會感冒喔！」白襯衫老伯不放棄地再次把手帕遞過來，從他的動作及聲線裡閃過父親的形象——那從不過度表露的關切與偶爾不小心散逸出的溫柔。「要不到叔叔家換件乾衣服？換件衣服再送你回學校上課吧！」老伯從座位旁的白色塑膠袋裡拿出一把黑色摺疊傘，傘是乾的，看來，在這場雨之前他（們）就已經作客於公園裡的八角亭中了。我仔細將這幾個開始讓我覺得有趣的老伯伯們端詳一遍——襯著雨聲，雙簧阿伯繼續優哉游哉地哼著歌曲，有時詞句，有時只有旋律，兩人身上的花襯衫與西裝褲儘管在濕氣中坍塌了，也不影響他們身上散發出的一種淺淺的愉悅。他們這時突然轉向我，一邊擠眉弄眼，幾乎手舞足蹈地唱起了一首我並不陌生的歌曲，姚蘇蓉〈今天不回家〉：**「今天不回家～徘徊的人，徬徨的心，迷失在十字街頭的你，今天不回家，為什麼你不回家？」**從第一次在電視裡聽見她唱歌，我就一直以姚蘇蓉為榮，因為她同時有著我爸爸和我媽媽的姓，姚，蘇。

不知道學校現在的情況怎麼樣？有人出來找我嗎？爸爸媽媽緊張嗎？唉，學校多一個空位，家裡少一個人，或許也不是件太重大的事。我接起白襯衫老伯伯的手帕，但無從擦拭起，手臂及臉頰、頭髮上的水珠早已沁入體內，而一身濕衣服是那條方巾怎麼也無法解決的。老伯伯打開了黑傘，我將手帕抓在手掌中，**走吧，到我那去換件衣服，舒服點**，去吧，去換件衣服，也許會舒服點，也許今天，就算只有今天，可以不上課，不回家。

事件，一九八七，之二

坐上開往永和的公車，永和，全然陌生的地名，我忐忑不安，心裡卻有另一個聲音——也許這是個機會，證明自己終於長大，可以自己做決定。老伯伯的家事實上並沒有他說的那麼近，公車不知過了幾條大街、幾座橋，都穿出了方才漫天降雨的雲區。我的肚子咕嚕咕嚕地叫，午餐時間了吧？我的肚子向來都很準時的。老伯伯坐在我旁邊，從車窗外吹進來的風，帶著他衣服散出的霉味，有點令人難受，幾個小時前的早餐早已消化完畢，空胃，難聞的氣味，貼著皮膚悶濕的衣褲、鞋子，我好想把這一身皮肉裝備全部脫去。

老人的家在蜿蜒的小巷子裡，天空依舊烏雲未散，低矮平房的外牆在陰沉的天氣之中看起來格外慘灰，那扇脫漆的木門則有著血液過久凝固的色調。木門進去後是個堆滿雜物的小庭院，再推開一扇縫線脫開的綠紗門，老人領我進他家，我才發現，他所謂的「家」只是這個一樓公寓房子隔成的三間房之一。房間已經夠小，一張大床、電視、衣櫃就幾乎占滿了可以行走的空間，沒想到竟然還塞得進一間小浴室。而粗糙簡陋、甚至連漆都沒上的木頭隔板，另一頭不斷傳來咳嗽清痰的聲音，老人沒跟我解釋什麼，只是迅速地在塑膠衣櫃裡翻找，然後拿出一件白色汗衫和短褲要我換上。

「來，把濕衣服全脫起來，這兩件你看看可不可以穿。」

「沒……沒關係，不用了。」

「沒事。換了舒服點。」

「我……我想回家了，叔叔。」

「哎呀，等等叔叔叫計程車送你回去啊！來，乖！先換衣服，濕成這樣一定難受死了！你去廁所換，順便洗個熱水澡。我去幫你弄碗熱湯，看你肚子一定餓了！小娃子。」

半推半就，我拿著衣服進到房外共用的廁所裡，鎖上門，廁所一面鏡子都沒有，落魄成什麼樣了自己都看不到。終於可以將身上那層難受的外皮剝除，雨水把一身新做的制服和內衣褲打得像皮革一般沉甸結實，我裸出身體，看看尚未發育的性器官，尿意上來，腳底暖流經過。蓮蓬頭裡的熱水很快地就讓全身皮膚和筋骨舒展開來，我躲在熱水及霧氣之中，沉沉的疲倦感。

「洗個澡不是舒服多了嗎？來，把這湯趁熱喝掉。」老伯伯將湯捧至我的面前，一碗摻著幾塊雞肉丁醬油色的湯，不燙，一口就可以喝掉，肉末在嘴裡慢嚼，我看見電視螢幕反照出失焦的半截的自己，像是紙娃娃換裝，從學生變老人。洗了澡，的確舒坦點，牆壁的時鐘終於給了我今天到目前為止的一個座標：十二點四十，全天班的暑期課，同學們現在準備午休了。老伯伯將我的濕衣服掛至庭院的欄杆上，從窗戶看出去，就好像看見自己的皮掛在那，有點荒謬。陰暗的房間晒不到陽光，事實上也沒陽光，一盞燈泡裸露在天花板，也不知是好的還是壞的，室內空氣不流通，隔壁不斷咳嗽，從聲音判斷應該也是個老人家，今天好多老人家，好多，我

眼皮好沉，爸媽正在哪裡找著我嗎……

事件，一九八七，之三

我的嘴巴在黑暗中張得特大，呼吸急促，乾燥的喉嚨與口腔裡有股難受的苦味。啊～聲音從緊縮的喉頭發出來的那一刻，我才意識到急促的呼吸來自於疼痛；黑暗，是因為我的眼睛閉得死緊。嘗試吞嚥一口口水竟然引起喉嚨的灼熱感。怎麼回事？睜開眼，世界是一盞未亮的燈泡。沾滿灰塵的燈泡。白色脫漆的天花板是宇宙，用一條灰色的臍帶依託著這個世界。那我在哪？我是漫遊的太空人，張著嘴只為了吸取僅剩的氧氣。叩～叩～叩～不間斷的木頭敲擊聲從我身體的下方傳來，聲音的頻率好像與我的疼痛有關。我不確定。疼痛的是我嗎？我感覺得到它，卻又覺得它在我身體之外。有東西唏嗦作響……

再次睜開眼，世界還是一盞未亮的燈泡。我房間的白色日光燈管什麼時候擠成這麼一個透明氣泡？真搞笑。學校放假我才能這麼躺著嗎？叩～叩～叩～像是一個中空的木頭，有人敲擊，聲音共振到整個後背，細細微微的。看看是什麼東西？無法。黏著了。身體像是塑膠遇熱融化又凝固在我所躺的這張或許是床的中空的木頭上，黏住了。想將自己拔起來，無法，意志也控制不了。闔上已經酸楚的嘴，我想起自己還有鼻子，努力嗅聞，只迎來一股濃重的霉味。是我嗎？躺到都發霉了？

我的頭很重，背可能嵌在木板裡動彈不得，但我的腿卻在飛——喲！一雙嫩白的大腿，都還沒長毛哩，它們在上上下下飛，像是一對並行的白鴿。喲！它們飛到了一棵樹上，各自棲息在左右兩邊的枝枒。偶爾露出的樹頂光禿禿的，有幾滴也許是雨水也許是晨露在上面，整棵樹都在動；也許，我躺著的木頭也是樹的延伸，是它的盤根，是它的觸角。喔，我的身體正在被吸收成養分，那叩叩叩大概就是吸吮的聲音，先被消化的則化成一對飛天的白鴿……

發霉的不是我，是我壓著的軟枕和身旁的棉被。睡美人面臨的也許就是相同的窘境：天荒地老的睡眠，一切都構陷在黴菌吞噬的世界裡。我的睡眠可能被設定了，開、關，醒、睡，切換頻繁。燈泡亮，世界有了光。噓。安靜點。燈泡在說話，亮著的鎢絲如舌，吐著電流的語言，ㄣ……聲音傳過天花板，傳過我右手邊的木板隔牆，但要先將它與隔牆另外一邊桌椅搬動的雜音區隔出來，ㄣ……等等，我的生殖器上好像包裹著一灘水，濕濕冷冷。左手邊那個一直說話的女人是誰？扁扁的聲音，像機器一樣。我試著把頭偏過去看看：

Hi，閃著螢光的女主播。女主播身後的窗子除了橘色燈泡的光影反照外，一片漆黑，傍晚了。與我癱軟的上半身相比，我的下半身不知為何一直好忙碌，勉強將頭舉高，失去的力量回來一點了，視線經過撩撥至胸間的白色汗衫，坦露的腹部，在我雙腿中間，有座山頭，也許是方才未能看清楚的那棵樹頭，上下起伏，帶著一股不斷從底部噴發的熱氣，啊，暖流般一次次地隨著山稜起降迴旋在我的下體，濕潤了我那雙腿之間的三角地帶，我的小雞雞，雖然，我已經意識到，這座光禿禿的山頭下藏的是一副嘴臉，我想起了那班出錯的公車……

一天見老人兩面，早晨，夜晚。早晨他帶我穿過雲雨，夜晚他製造雲雨。啪嚓。睡意又來臨。

啊！一股撕裂的痛將我硬生生地從彌留狀態裡扯醒，一種幾乎要把下腹所有臟器翻搗出來的痛。怎麼回事？我的臉為何浸在那滿是霉味令人作噁的枕頭裡？我無法翻身，不是因為沒有力氣，而是有個堅硬無比的物體插進體內，稍有動作便讓我痛得全身糾結痙攣。那要命的痛，太過離奇，比我八歲時從廣場上的大水管直接膝蓋著地摔下的痛還要離奇，卻又內斂無比，幾乎觸及生命本身（前幾天國文老師說「欲窮千里目，更上一層樓」不只是看得廣，而是藉由高度與廣度去觸及生命本身）。也許，這痛，正一次又一次地向我生命的核心逼近；這痛，也將在一抽一送間把我十二歲的身體瓦解殆盡。

黴菌枕頭成了我僅能攀附的孤島，千頭萬緒與幾乎開腸破肚的痛楚都只能依託給它了。我隱約知道此刻正發生在自己身上的事，可是同時，我的確又毫無頭緒，不知道發生了什麼事，直到一個淺淺的聲音終於爬進我的腦海裡——性。小學時，搗蛋的男同學們會在你上大號時，翻過隔牆偷看你，然後大笑你有肥嫩而且性感的屁屁；有時，他們會開著關於小雞雞的笑話或玩著那男生間特有的阿魯巴遊戲。但此刻，我應該足以驕傲地向他們炫耀發生在我身上的事嗎？這個連電視上的楊過小龍女都不會玩的遊戲，也不是阿魯巴可以比拚的。事實上，性，我好像早就接觸過了。鄰居的叔叔常常從他衣櫃拿出色情錄影帶來播給我看，有時，他會在我面前炫耀著以後我長大也會有的陰毛與生殖器的尺寸。我在鄰居叔叔珍藏的錄影帶的介紹上常常讀到「性」這個字。

天啊，為何這痛如此巨大？痛得我的膝蓋緊緊抵住了木板床，黴菌枕頭真的成了我唯一的依託，也許，再把臉埋進去一點，有另一個世界會向我開啟，至少，不用再受這種內臟翻攪的疼痛與汙辱。不行了，真的撐不下去了，灼熱感從我的肛門整個蔓延開來，這原本只有爸爸媽媽幫我洗澡時才能看到的私處，為何現在堂而皇之地展開在這個陌生的房間床上，給那個我錯認善良的陌生人逗弄？我聽到自己的啜泣聲，像是離開許久又再度出現的能力；我的雙手回復知覺，只要把那個莫名其妙的東西拔掉，也許，我可以有力量跑走，往回跑，一切也許就恢復原狀，我不會穿上白色汗衫，不會坐上往永和的公車，不會遇上傾盆大雨，不坐過站，也許，還可以跑回到童年的時光裡，那兒，相對來說，平靜多了。

事件，一九八七，夜

父親接到我時，已經深夜十一點。

入夜後的新莊國中公車站外，車流幾近安歇。老人給了我一百塊錢和幾枚從口袋裡再掏出來的銅板，讓我搭計程車回樹林的家。但上了車，我卻和司機說，新莊國中——也許整個身體和腦袋都被掏空了，呆滯了，也許是救贖的意識萌生，回到源頭去。計程車離開老人的所在地往那清晨錯過的公車站駛去，車上，我覺得自己頂著一副無比骯髒的軀殼被運送著，老人的氣味與身影沾黏著，由內到外，令人厭惡的骯髒。

車子到目的地，用去了一整張百元鈔。我徒步從新莊國中過天橋，再越過關了門的文具行和早餐店，抵達就讀的學校門口，一樣的路線，一樣的制服（雖然是濕的），皮鞋啪嗒啪嗒地似乎可以敲出水花來，日與夜的差距，動機已不復相同。事實上，為何此刻還要走這麼一趟路，我也不知道，也許只是身體想要完成那未完成的例行公事；也許是童年結束前的一次擺渡；也許，我其實害怕著什麼……明天醒來，一切會不會都不一樣了？

走回文具行外，我用公共電話撥了通電話回家。一聲都未響徹底，父親急切的聲音已經從話筒另一邊傳來。的確，全家已經雞飛狗跳了。掛上電話，走回新莊國中，靠在學校的圍牆，像只蟬蛻後的廢殼，掛著，等著父親來將我領回。

夜色中，老人的臉孔再次清晰可見。偶爾零星的車輛行駛而過，卻只帶來更多的細節在我眼前播放。我看見自己在老人房間那台電視裡的倒影，看見自己掙扎著試圖向後探詢那根貫穿自己的物體到底是什麼——一根通馬桶的幫浦——說了自己都覺得好笑。老人是怎麼想到的，那廁所裡的骯髒東西，把柄插進我的身體，讓我像長了一條末端是個橡皮吸嘴的尾巴。我看見

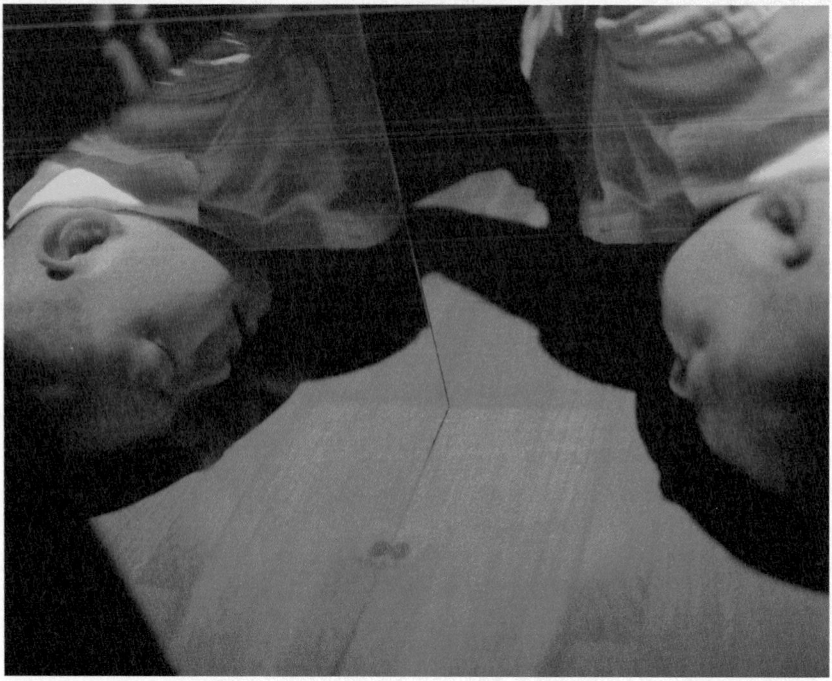

這痛，正一次又一次地向我生命的核心逼近。……明天醒來，一切會不會都不一樣了？（劉人豪 攝影）

自己變成一個奇妙的生物，在那濕潤、充滿黴菌與危險的床上，活生生地被做成標本。我看見老人可鄙的嘴臉與皺紋，結束後，他小心翼翼地將我的尾巴取下，一併拉走了串著我的骨幹，我癱在床上，那放大的孔洞有東西流出。老人將幫浦拿進廁所，物歸原位，我勉強起身，卻發現——另一個老人，在房間的另一個角落盯著我看，隔牆的鄰居。他的眼神充滿詭譎的興奮，下體光溜溜的，一團東西癱趴在那。當老人發出咳嗽清痰的聲音時，我犯噁心地幾乎要把腸胃吐出來。

　　廁所裡沒有鏡子，我見不到自己狼狽成什麼樣子，只見到馬桶幫浦上難辨的黏稠物。關上門，拿起蓮蓬頭，開了熱水，腹部卻傳來難忍的悶痛，我的下體同時在流著血，我會就此死去嗎？

夜色中，淚水再次潰堤，但是不行，在父親到來之前，我必須將眼淚擦乾，把自己整頓完畢。冷靜。必須冷靜。我想，說謊的習慣也許就是這時候染上的。著急的父親見到我馬上詢問發生了什麼事，我沒說；回家後他和母親繼續逼問，我才講出一半的真實，下半部那骯髒的事情被我隱藏了起來。在家庭普級版的故事裡，老人是良善的化身，他救了我。相較於父親難得展露出的熱切關懷，我那很重視表面禮數的母親則把重點放在——有沒有記住人家的電話或地址？我們應該找天去登門道謝。老人於是成了我的太空戰士，我的金獅王。免了吧，我想。

當晚，我睡得很沉。隔天，依然照樣上學。同樣的軌道，同樣的時間，該下車的地方，我不再錯過了。面對導師和同學的提問，簡單幾句帶過，翹課逃學都好。那天的四堂課，我盡量隱忍住身體的疼痛與持續的灼熱感，集中精神，該做的筆記與習題，無一掛露，英文課我一樣有問必答，正常發揮。放學鐘聲響，幾個同道回樹林的同學相約去吃午飯，我並沒有拒絕。吃完飯，夏天終究還是夏天，燦爛的陽光一路跟著我們回家。雨過天晴了。

似水流年

夏天終結，迎來了正式的開學季。新的分班，新的組合，制服上終於繡了學號與名字；新課表，新的事物一層層地包裝著我們，界定著我們的新身分。一切都很美好，一切都看似很美好。

學校提供了校車服務，發給我們橘色的月票，一天被剪去兩格。第一個月過去，第二個月過去，漸漸地，我的月票不再有所消長，不知從某一天起，它就停在那，不再補新。我離開了校車的時段，用自己的零用錢等待並坐上一班寬鬆的公車，雖然這有上學遲到的風險。青春期的身體在變化中，每一寸肌膚、骨骼、毛髮、聲線的改變都細微地牽動著思想。我一面以旁觀者的姿態觀察著這些生長，如同荒原上僅有的生態活動；一面，我又不禁懷疑，這些生長，其實是另一副軀體的外顯，那老人的寄生，或重生，也不無可能。

擁擠且無位的校車（或公車）上，我發現自己開始因為有人站在周遭尤其身後而不安。恐懼來時，身體內外像是各有一層氣膜被往外及內揉壓，推擠出／進身體裡，呼吸變得困難，雙手總抑制不住地發抖。從樹林到新莊的許多站牌，於是成為了我熟悉的逃脫口，在無法繼續抵抗時，我就近下車，等一班威脅性少一點的公車到來，再繼續上學的路途。那是段漫長的日子，自己的戰鬥，沒有人知道，除了頻繁的遲到紀錄外，一切都被包裝得很美好。

中學第一年過去，從普通班升上了實驗班。然而隨著課業壓力加劇（及成績墊底），同學間的冷漠，老師的輕視，我的無力感使得原本中心緊守的防衛一層層潰散，那極度想掩飾的醜陋內在，突然不知如何自保，漸漸地轉化成另一種形式的反擊。

同學們的參考書、寫滿筆記的課本及自購的練習本開始無故消失，又無故出現在廁所的垃圾桶裡。附在班級旁邊的導師辦公室座椅上發現了一枚圖釘，幸好班導及時發現，沒能釀禍。這樣的事件，讓我成為行動者與旁觀者，兩個身分的同時建立給了我一種極大的平衡感。

下課時，我時常躲進男生廁所裡，什麼事都沒做，就是靠著牆發呆，也許聽著廁所內會出現的各種聲音。當想像的力量已經無法再像從前一樣自我開闢另一個遁入的空間時，這個小小的具體隔間便成為我在學校裡的庇護所，也許躲著自己做的那些見不得人的勾當，但同時也因此自得其樂。在這座私人聖壇裡，罪惡感與滿足感彼此達到平衡，有很長一段時間裡，我倚賴著它——直到學校毫無預警地砍去了男生廁所上三分之一的門板（與尊嚴），為了防範同學抽菸，校方說。

我開始在人際關係上展現極度消極的態度，這也包括了與家人的相處模式。在家，沉默成為了我多半時候的語言。一開始也許是害怕祕密一旦被揭露，後果將會不堪設想——我就真的成為了媽媽眼中「無路用」的兒子——也許我會被趕出這個家。但反正哥哥說過我的真實身分是李平，從一個家被送到這個家，那從這個家再出去感覺也合情合理。總之，我慢慢地從這個家缺席了。晚餐後的一樓鮮少有我的身影，待所有課業及該做的事項完成後，我回到位於二樓的房間，獨處是小時候便有的習慣，但我逐漸有了記錄的能力，可以透過書寫把心裡的世界化為只有自己看的文字抒發出來。只需要面對自己便得了。我將日記本藏匿得很好，怎麼樣也不

在家，沉默成為了我多半時候的語言。……只需要面對自己便得了。（劉人豪 攝影）

能被經常來房間翻動東西的母親看到。

面對持續嘮叨的母親，我選擇逃避；慢慢地，我們倆在家中共處一室的畫面越來越少。我逐漸朝著母親眼中「養你不如養一條狗」那個不爭氣的兒子方向走去。面對沉默的父親，我則更加無語。高中，有次因為我公開頂撞主任教官，父親被找來學校了解情況。主教開始數落我一整個早上的行徑：在全校朝會聆聽校外人士演講的場合講話，屢勸不聽，被叫到會場外面罰站還忝不知恥地大聲唱歌（其實是歌仔戲），更要不得的是頂撞與辱罵教官（我只說他愛耍帥）……軍人退休的父親當然知道法規的重要，他要主任教官依校規處理，不需手軟。父親沒多做停留，便轉身返家，我一個人在訓導處外與教官大眼瞪小眼，賭氣地覺得自己無論如何也不會原諒父親。

當晚，父親來到我房間，對著準備就寢的我第一次說出了「抱歉」兩字。雙鬢已淨斑白的父親幾乎跪坐在地上，說他很抱歉，一直忙著家裡的生意，沒有多少時間像其他父母一樣帶孩子去玩耍，沒能多花心思關心我在想什麼，沒能讓我感受到父母親的愛。父親眼角泛著淚光，我則繼續沉默。想起初中那次在大雨裡追著我的父親，我其實不曾懷疑過他對子女的愛，只是，有些事，已經超出我所能掌控的了；有些事，發生過，就成為無可逆轉的事實，包括距離。我看著父親，突然覺得這個人再陌生不過，他的淚水與懺悔，我只是冷冷地觀看著。

逝水流年，一九八七年的事件就這麼默默變移了許多事情原有的軌道。如果事情沒發生，我會不會長成一個樂觀開朗，交友廣闊的人？會不會是學校籃球隊的一員？哥兒們三個字喊出來的感覺到底是怎麼樣？事情如果沒發生，我會不會有一天，就算只有那麼一次，愉悅地對著我的家人說出我愛你們？當然，這些假設早已徒然。

時光，永世無窮的麻煩②

「……」精神科醫生面對我的提問時沉默了下來。年輕的醫生看著我：「家人一直都不知道嗎？」他的語氣突然轉成一種同情或關切。我搖搖頭，醫生在就診單上快速寫了幾個潦草難辨的字詞：

「你想當兵嗎？」他問。

我的眼前是一扇窗，兩層樓高，窗外，九月天日頭高掛，窗上隱約反照出穿著綠色軍服的我，看來像一個樹叢，白袍醫師在我右手邊，如一片燦爛陽光，我們共用著一張木桌，雙手都枕在桌上，如同大自然界在對話。「無所謂。」我回答。真的無所謂，會出現在這個軍醫院精神科的診間是場意外，起因於一張入伍時誤填的資料及其後一連串的陰錯陽差，但這場意外對我而言就只是一天可以難得離營的假期。入伍當然是件痛苦的事，但我對於痛苦的忍受度，不知從什麼時候開始已經超出自己的想像。

「爸爸是軍人退休，他當然覺得男孩子一定得當兵。」
「那你自己呢？你想當兵嗎？」
「我，其實無所謂。」
「……你的事情從來沒有想對家人說過？」
看著醫師，應該沒大我幾歲，也許，我們可以是朋友。
「我在進來前，也沒想到會跟你說這麼多。甚至，我連為何會出現在這都覺得納悶。」
「資料上說你大學時做過幾次心理輔導。」
「啊？」我恍然大悟，「就……為了升學的事啊，去找學校的輔導老師。想考研究所，什麼研究所都想念，但又什麼都不想念。所以來當兵了。這不是什麼精神或心理問題吧？」
「你大學時期最快樂與最難過的一件事是什麼？」

半個鐘頭前，我突然決定把埋藏這麼多年的事情一股腦地向面前這個陌生人傾訴，也許是因為他見到我說的第一句話：「一切都還好嗎？」莫名其妙地瓦解了我長期的偽裝。當醫師問及我與家人的關係時，那段童年的傷痛記憶被連根翻起，我沒有阻止它，只是盡量掩飾著自己的情緒，把腦海中浮現的抓到什麼就說什麼，儘管時序顛倒，敘述坑洞。
「最快樂的是我當了外文系畢業公演的導演、編劇與演員；最難過的是，謝幕。」

有些事，已經超出我所能掌控的了；有些事，發生過，就成為無可逆轉的事實，包括距離。（謝承佐 攝影）

「我以前也參加過學校劇團演出。演的是《仲夏夜之夢》裡的一個精靈。打雜的。」年輕的醫生臉頰上浮現出輕盈的線條。

我突然想到外面四個在我前面進來就診，卻十分鐘不到便紛紛被打回票要繼續當兵的同梯弟兄，他們可能不解地猜想著，為何這個胖子會進去那麼久？

「所以，你這幾年怎麼過的？沒想過對誰說嗎？學校的輔導老師？哥哥姊姊？」他話題一轉，又回復專業的姿態。但我對這問了幾次的問題已經感到些許不耐，「沒人知道，除了你。」我這樣回答。

我們都笑了出來。最後，沒有結果，我走出診間，已經足夠，賺到一天的假期和一段美麗的談話。

當晚，連長把我叫出教室外，像是怕被人聽見般小小聲地宣布：「姚尚德，你被驗退了。」他要我打電話回家，明天要家人來接。看著連長，他低微的聲音裡也迴盪著溫柔的關切，我應該感動，但當下只覺得令人生厭，我討厭這種渲染的關懷。

隔天，父親和二姊來接我，他們緊張地追問原因，連長輕言帶過，我則和往常一樣掩蓋了大半的事實。父親不明白躁鬱性精神官能症是什麼，為何會造成他兒子被驗退，護士出身的二姊則以醫生不夠專業做解釋。車子從嘉義回台北，駕駛座的父親不再言語，我則突然意識到事情的荒唐演變。然而，躁鬱性精神官能症成為了我身上的標籤，也許也成為了父親心中的一道自責的陰影，父親開著車，我幾乎不敢甚至不忍直視後照鏡中的他。

一切發生得很快：大學畢業，入伍當兵，驗退，一週後我在補習班找到了一份收入頗高的工作，一切都在一個暑假裡發生。

工作的兩年時間裡，我遺忘了許多的事，那些祕密與說過的謊言全都在日復一日的忙碌、娛樂填塞的生活中漸漸地沉澱至身體的最深處，波瀾不驚。和氣商行已關閉數年，父母親退休，哥哥姊姊的孩子輪番被送來讓兩老帶養，生命在這於我已經老去的家中重新帶來喜悅的波動。有那麼兩年，我的生活與心態都很正常，與父母親的距離近了一些，我們的話題總圍繞著他們那些新生的孫子，家裡有了笑聲。我以為，生命走到一個年紀時，無論你帶著什麼樣的過去，一切總會趨於緩和。

但終究，我還是高估了自己的以為。而時光，也許終究會是我永世無窮的麻煩。

【注釋②】：時光，我永世無窮的麻煩。

——方斯華・偉更斯（Francois Weyergans）・《在我媽媽家的三天》

第四章／默劇出走

我走上了一條比記憶還要長的路。
陪伴我的，是朝聖者般的孤獨。
我臉上帶著微笑，心中卻充滿悲苦。

——切・格拉瓦

母親的笑，成了我默劇出走最大的動力。
那個笑，是我和母親失落了幾十年的東西，
在我們劍拔弩張的關係裡，
在面對各自的痛苦與孤獨時都失去了的本能。
隨著默劇出走在台灣各地駐點演出，
每每看見因為我的表演而在觀眾之中觸發而生的笑容，
在其中，我都可以看見母親最後的笑容。

二〇一一，五月中旬。流浪首站：上海

「哎呀，真糾結啊……」

上海藍山青年旅館一樓狹長的公共空間，王帥右手往桌子一拍，一聲糾結。同桌的海寶與Mandy似乎也被這聲突然出現的糾結困惑住，我們看著彼此，對話再次掉入沉默之中。海寶把擱在桌上已經流了一身汗的半瓶可樂拿起，分口喝乾，但每一口都在臉上泛起了苦滋味，把可樂喝成了啤酒樣；在室內依然堅持帶著帽子的王帥也喝可樂，個高皮膚白皙、服飾講究的他，像是品牌代言，拿著瓶子手指關節嘴角都有戲；Mandy低頭回到她手機的通訊世界，正飛快打著字，一頭淡染的俏麗短髮，幾乎把她可愛的臉龐和手機冷光埋了起來。

從事建築動畫製作的王帥畢業後從老家大連到了北京，沒找著理想的工作，最後落腳上海，目前在一家與其專業對口的公司實習，經過了前兩個月沒有底薪的日子，在實習進入第三個月時，終於有了九百元的薪資。

「九百元？我光付這邊的房錢都不夠了。簡直吃爹媽老本。」王帥說起話來臉上有一抹冷笑，總像是在嘲諷著什麼。

「不錯嘞！你這工作算是有前景，建築業啊！」聲音宏亮誠懇、帶著濃重方言腔調的海寶回話後，擰開了才買的冰可樂，紅色的瓶蓋洩出一聲氣息，他一口就咕嚕掉半瓶。

「建築師和我們畫建築圖的基本上是兩種不同概念。我們是屬於小小螺絲釘的那一種啊！」王帥話語就此打住，似乎沒有繼續解釋的意思。

「你呢？海寶，工作找得怎麼樣了呀？」同桌的 Mandy 開口，也順便拿出了袋子裡的手機。老家在新疆的 Mandy 也是畢業後離家到上海謀生，比較幸運的是，很短的時間內她便在一家貿易公司找到管理培訓生的職位。

「沒問題的，天無絕人之路。」安徽來的海寶還奔波於一個個面試的階段，他那套唯一的白襯衫領口有著幾個星期下來輝煌的戰績，留著平頭、膚色黝黑，天性樂觀的海寶自嘲說：「全都是努力的血汗見證啊。」但他把「努」發音發成了「魯」，遭到 Mandy 毫不留情地訕笑。

在藍山青旅裡，像王帥、海寶與 Mandy 情況的人不少。生活尚未穩定前，青年旅館成為了這些剛畢業的「北漂族」——不，他們更正說，來上海打工的人叫做「（海）上漂」（也不知道是不是開玩笑的），或模擬起上海人的口氣自稱「新上海人」——棲身之所最好的選擇。一張床四十五元人民幣，長住還有折扣，不用自己打掃房間，還可以交到全世界的朋友。「我就算找到工作也還是會住在這兒的。」海寶說。

「尚德哥，您就靠這個維生啊？這是您的正職嗎？」Mandy 看著我拿出一桌準備清潔的化妝品，她指的是默劇。

一星期前，我抵達上海。除了來回機票上明訂的時間與地點外，接下來近三個月的流浪旅程，包括行程規畫、經費如何運用、街頭默劇演出計畫該如何進行等等，沒有一件事是確定甚至思考過的。初來乍到的觀光喜悅及新鮮感在頭兩天便用盡；接下來幾天的時間，我依舊外出，卻只是漫無目標地在上海街頭行走，似乎想藉由走路將心中巨大的徬徨感代謝掉。我知道自己在逃避，已成慣性，船到橋頭自然直的託辭一次次浮現腦海，但往往到了最後，還是決定連船捨棄。這趟難得的流浪旅程也會這樣嗎？

回到藍山，我盡量避開公共活動空間，但躲回房裡，卻躲不掉同房的好奇問候與攀談。巴黎的歲月並沒有養成我進入人群的社交能力與興趣，反倒帶我走進更孤獨的路，享受孤獨，也畏懼孤獨。然而，全然享受一件事又怎麼會畏懼它、在它之中寂寞流淚呢？三十五歲的我，能用一事無成的喟嘆躲避往後的人生嗎？

「是啊。我就靠這個維生。」說得有點心虛。

「做這個賺得了錢嗎？」Mandy 繼續追問，一臉狐疑。

「想必尚德哥在台灣很出名的吧。做藝術的，就是要出名。出了名，就可以遨遊四海，到處跑，像你一樣。」海寶的邏輯可笑，但看著他天真的臉，實在令人不忍責怪。

「我……沒什麼名氣啊。」沒想到這話從自己嘴巴講出來竟然伴隨著許多複雜的情緒，像把刀，插進身體某處快要癒合的傷口裡，又癢又疼，又刺又好笑，「真沒名氣啊。哈哈哈。」乾笑收尾，以免尷尬。

「這樣月收入大概多少啊？方便問嗎？」王帥沒意識到，他的提問沒能替我的尷尬解套。

「不太穩定，時好時壞，反正我是存不了錢的。」

「尚德哥沒想要討老婆啊？」Mandy 張著美麗的大眼睛，俏皮地探問。

「沒。」幾年下來，我知道，面對如此普通卻令人難堪的問題，回答要斬釘截鐵，目光要堅定冷冽，不能留給對方追問的空間。

「好啦，這樣說啦，」現場氣氛被我一個字就搞僵了，我試圖補救，畢竟眼前這三個人也真心誠意地以他們的方式陪伴了我幾天，「從二〇〇七到今年二〇一一，我在台灣做過四檔戲，小劇場，每一檔戲的票房幾乎全滿喔，但最賺錢的一次是台幣兩萬塊；最虧的一次，唉，那就不用說了……」

三個人看著我，先是換算台幣與人民幣比，然後便如聽天方夜譚般不可置信地看著我，可能以為再過幾秒我會跟他們說，騙你們的，哪有那麼慘！但我沒再出聲了，事實到此為止。

碰！一聲。王帥突然把手拍向木頭桌面，一口長嘆：「哎呀，真糾結啊，人生。到哪都一樣。」

這句簡短的人生哲思從二十歲不到的王帥口裡說出，乍聽俗濫，但還是說服了我，也許，也說服了在座其他兩個人。海寶喝起剩餘半瓶已經退冰的可樂像是喝悶酒，Mandy 則隱入手機另一個群組的對話裡並從中找到笑容與光彩。我往藍山一樓的櫃台處望去，櫃檯小妹萬歡正忙著幫新check-in的一對情侶講解入住須知，個小機靈的她兩天前能量飽滿地對我說，明年她要離開，到國外打工度假；站在牆邊立桌旁使用電腦的是昨天剛搬來與我同寢的北京男孩，二十三歲，「跑了五年的業務，厭倦了，想討個老婆定下來。」昨晚睡前的聊天中他對我這麼說，還丟了一包公司的產品米老頭餅乾給我。

這個星期以來，我總是被動地與人說話。青旅的這些年輕寄居客都有著一種強加上身的世故，不管是與人應對或是對生活的種種評價。我不清楚這是中國競爭化社會背景形塑出來的年輕人樣板，還是特屬於這群所謂的漂流族群——無論是漂來上海的，或是即將從上海漂流出去的——所需要具備的武裝。

但這種世故卻奇妙地吸引著我，安撫著已在流浪路上的我。

「明天星期六，我要上街去表演，你們想來看看嗎？」我打破了沉默。

豪華默劇出巡大隊

上海南京路徒步區，三條交匯於此的地鐵線，把源源不絕的人潮吐到我眼前的這座出口廣場，然後又各自吸收一部分人離開。我準備好了，我的八名隨扈也是。八名隨扈？稍早，在青旅樓下，依約，我收穫了三名前晚答應今天跟著出走的幫手，只是沒想到消息經過藍山的櫃台再轉出去，隔夜，便成了這樣的場面。櫃台小妹萬歡笑容燦爛，煞是得意：「好事情就要讓更多人知道。反正他們也都是這的人，來看看什麼叫默劇，順便幫你推廣推廣。」藍山默劇應援團就這麼成立了。稍後，當我們來到這個上海最繁榮的地段開始做演出準備時，八個人已經自主分工完畢：拿背包的，補妝的，側錄、側拍的，還有專門一個負責開路。教人受寵若驚。

觀察好周遭環境，向八人點點頭，深呼吸，我走進廣場中央，對著附近高樓牆面上的喬治庫隆尼獻上一記紅唇香吻，然後靜止不動。短短幾分鐘，廣場上的人潮分布及走向開始變化：有人停下腳步，品頭論足、七嘴八舌，然後更多人加入、觀望，有的則朝我嘴唇及目光舉起的方向好奇眺望，流動不息的廣場漸漸凝結出一段荒謬的畫面。而當我準備打破凝結開始動作的那一刻，以我為中心輻射出去的幾米空間已經招來了大批的圍觀者。再次深呼吸，步伐一旦展開，緊張感就必須拋之腦後。

從對庫隆尼的吻開始，我即興發展出一系列隔空求愛的動作，然後一轉身，在場的男男女都變成了我的庫隆尼。默劇將空氣幻化成許多的道具：繩索、雨傘、馬、鴿子、心臟……我在人群中穿梭，一下拿繩索嘗試套住一名不斷躲在友人身後觀看演出的年輕女士，一下又轉而將自己與她的友人框限在一把隱形雨傘之下。「哎呀，真花心，你到底是選我還是選她啊？」染著紅頭髮的友人故做生氣地說完後，將身體擠向我，把我撐傘的手當作了傘柄，然後與我在傘下對望，傘外傳來高密度的笑聲，其中，八人應援團貢獻良多。就這樣，上海的第三場表演，

上海，我準備好了，我的幾名隨扈也是。

克服了前兩場分別在中山公園及上海體育館外的無所適從與自閉，終於找到了一種與觀眾互動的方式與樂趣。

笑聲如蜜糖瞬間吸引了幾乎加倍的群眾，也讓我更有自信地將肢體與表情力度加大，一下躺在地上，連滾帶翻，一下抓著某個笑開了的觀眾把嘴唇遞過去，引起他也充滿喜劇性的拒絕反應。人群中有兩個穿著藍色制服的人幾分鐘前也被吸引了過來，只是他們面色凝重，不斷地講著 walkie-talkie（無線對講機）。也上了半邊默劇妝體驗的海寶見狀開始對我使眼色，但在表演與頭上的我只覺得黑眼圈的海寶看起來特別搞笑。沒想到，藍制服二人組突然嘴巴唸唸有詞地走向我，憤怒狀。

「走！走！走！這裡不能表演的。」圍觀人群稍有騷動。我快速評估了一下狀況，這兩人沒有公安淡綠色的制服，也許只是觀光服務隊之類的，更何況廣場屬於公開場所，我們也沒有向觀眾收取任何費用，沒理由不能在這表演。觀眾興致並無消退之意，於是我靈機一動，試圖以各種表情逗弄藍制服二人組。此舉，沒想到更激怒了他們，同時也嚇壞了海寶一夥人。海寶快步向前在我耳邊說了聲：「別惹城管，我們走吧。」然後偕同Mandy、萬歡轉去跟所謂的城管解釋我們的來意。觀眾雖偶有離開，但大部分的人似乎等著看好戲。

趁他們交涉之際，我擠進人群，以躲藏做為表演內容，這裡抓起兩個歐美人士的大手掌做為掩護，又突然以雕像的模樣停留在兩名城管的後面不動。觀眾又掀起一片笑聲與掌聲。被激怒的城管試圖阻止，礙於制服，跟不上我移動的速度，於是開始對我那群應援團成員大聲斥喝。幾乎同時，人群中突圍而出四、五名同樣藍制服的城管，還有一輛巡邏小車，試圖將圍觀群眾驅離。

這裡不能從事任何聚眾活動！巡邏小車的廣播器不停重複著這句話。僵持了幾分鐘，為了不讓海寶等人為難，我壓抑起玩心，越過稍微退散的觀眾，帶著我的人馬往廣場外圍走去。離開前，還不忘折回來對著所有城管做一輪鬼臉。

「尚德哥啊，你嚇死我了。」海寶卸下臉上的妝，試圖平復情緒，也不忘解釋那些被我以為是觀光服務隊的城管真正的身分與職權。「前陣子，在南京路徒步區，有民眾與城管發生衝突，所以現在，他們對聚眾這事很敏感。」海寶補充到。還是今天就先這樣好了，我從海寶的眼神中讀出了這樣的訊息。

「沒事的，到其他地方去就得了。」Mandy跳出來解套，這個來自新疆直爽大器的女孩。只是這時，正在橫越馬路的我們一大夥人都沒意識到，過街，就是那條人潮更擁擠的著名商店街——南京路徒步區了。

海寶還來不及從未卸完的黑眼圈裡警覺出，城管網絡果真又再次盯上我們。從入口處到接下來半小時的路徑裡，我們一路被城管尾隨、勸離、警告，但上了默劇妝扮，我不可能浪費這半小時的表演機會，於是，交代八人團隊萬一真發生情況時離我遠一點沒關係，我便一路演著追趕跑跳碰的戲碼。

到了南京路中後段，城管們不知是累了還是看出我們的無害，警戒終於鬆動，腳步趨緩；他們之中幾個竟還因為我做出的某些滑稽動作而偷笑著。城管的戲碼已經玩夠，我隨意轉往一條小巷，然後在一間便利商店前面停了下來，稍做休息。八個青旅友人一路幫我拿包、跟拍做紀錄，還要時時提防各種狀況發生，必要時還得跟觀眾介紹講解等等，煞是辛苦。王帥送上了剛買來的水，眾人喝著，彷彿經歷了一場搏鬥，靠牆的靠牆，蹲坐的蹲坐。然而，看著這八個人，在五月天涼爽的上海小街，彷彿呼吸著和平日不一樣的空氣，臉上閃爍著兒童般的歡愉。我放心了。

上海老奶奶的鼓勵

進入小街弄堂，撇開商業區觀光皮相，上海古樸風味才慢慢展開：腳踏車、商店的舊招牌、老磚瓦、互相叫罵的滬語……從巷弄隨意轉出，四個落在黑漆門面上的字——逸夫舞台，抓住我的目光。黑漆鑲嵌著的跑馬燈正在將劇院演出節目訊息一行行輸送出來，黑底紅字，毫無違和。兩個多小時「街跑」（他們的用語）下來，身體的疲累感漸漸滲透出來，就在這裡結束今天的演出吧。

逸夫劇院顯然是上海票友聚集所；午餐時段，進出詢問、購票、手拿DM的人依舊不少，其中，老先生、老太太安然卻又機動的身體引起我模仿的興趣。以劇院為背景，我即興編了一個迷糊的老人家迷路的短劇，流連在不同路人可以提供的臂膀間。賣力演出十幾分鐘，原以為至少可以吸引老先生、老太太注意，但西方默劇臉譜比起京劇可能遜色，連老人家都不賞光。觀眾氣氛帶不起來，加上體力負荷已高，我停了下來，向忠心的八人小組示意今天到此為止。此時，一名穿著黑色連身窄裙的婆婆，從劇院外轉角處拄著拐杖、臉掛笑意地向我走過來。

「哎呀，真好看！」婆婆接著講出了讓我下巴迅速掉下的兩個字，「我知道，這叫啞劇。你是演迷路的老太婆吧？呦，該不會是演我吧？」老婆婆往自己腳上一看，拐杖隨著往地上一敲，尖尖細細的笑聲從她小小的身體傳出來。

我瞪大雙眼，不可思議地看著婆婆，如見知音；在上海的第三場演出，竟然有人看懂了我，而且還說出了這麼專業的字眼。

「婆婆，是啊！是啞劇！」我不顧啞劇、默劇的稱呼區別了，點頭如搗蒜。

「唉呀！」梳著包頭的婆婆抬起頭看著我，滿是皺紋的臉隱藏不住的是一雙黑亮且閃著如重燃起的熱情般的瞳孔：

「我都二十幾年沒在上海看到了。」

九十歲老奶奶眼裡似乎閃過了二十幾年前她所看的那場表演，或許也是一個畫著白臉的演員，以自己的身體當作畫筆，在舞台上創造著美麗豐富的想像。我想起馬歇・馬叟，法國已故的小丑默劇大師。二〇〇二年，我有幸在巴黎的馬叟學校見過老人家一次，久聞大名，結果在大廳裡碰上他，端詳半天老覺得不像，然後才會意過來，我所知道的從來都只是照片、影像裡上了默劇妝的馬叟。二〇〇五年，馬叟學校因不敷經營成本而關閉，兩年後，一代大師逝世。老奶奶二十幾年前在上海看到的，很有可能就是馬叟（回台後，我找了資料，馬叟曾於一九八二年在中國巡迴演出）。當下，她沒能回答我，但我終究保留了這個猜測。我的身體顫抖著——尤其當我想到，自己可能是馬叟之後，婆婆見到的第二個默劇演員。

這個想法顯然不是只有我有。當我因為激動而轉身看著同行的友人時，卻發現海寶的臉上掛了兩行淚水。他說：「尚德大哥，婆婆看到的該不會是你前幾天和我們說的辣個法國的什麼馬吧？二十幾年後又看到你……真是很感動啊。」

婆婆最後伸出雙手握著我，看似薄弱的手傳來的不只是溫度，還有一種信念——這趟旅程，能走多遠，就走多遠吧，如果婆婆口中的啞劇能被我帶到更多的地方，讓更多的人看到。

當天晚上，和藍山的夥伴們簡單吃了個飯當作告別，畢竟，以青旅為家的他們習慣了朋友來來去去，而我的旅程才剛開始，沒有必要讓離別情緒渲染了一切。我們細數著上海默劇出走的這一日發生的所有事情，以笑聲配啤酒，乾了。海寶反覆叮嚀著，旅途中如果有任何需要幫忙的地方，別忘了打電話給他。我把這句話，也當作是一種祝福。

五月下旬，蘇州

早餐 1.5 + 3 = 4.5
公車 2
晚餐 9 + 水 3.2
Hotel 40
……58.7

每天記錄著生活的花費，不是旅行的時尚，而是必須。這趟由雲門舞集資助的流浪者計畫，因為上海老奶奶的一句話，從原定上海一地開展成更大幅度的旅行，因此每花出的一分錢都成了能走多遠的關鍵。事實上，那幾萬塊錢的資助，幾乎就是我全身上下包括銀行戶頭在內的所有了。

幾年的劇場工作，在經濟上所累積的是出發前帳戶裡不到一千元的存款及二十幾萬元的債務。為了做戲，向銀行預支現金；戲演完，預支的全數變成附加上高利息的債務，這已是幾年來不變的模式。為了不讓家中兩老擔心——雖然他們總是搞不懂我在做什麼，一直要我轉換工作——我努力做出收入穩定的假象。為了賺錢做戲還有養自己，我跑學校當「利百代」的代課老師，也兼職法文翻譯、幫出版社及補習班寫英文參考書、到賣場當臨時工，依舊入不敷出。因此，朋友和銀行成為我的後方，假象勉強維持住，債台卻日益增高。

流浪者計畫口試時，林懷民老師問到：「你今年三十五歲了，知道自己下一步要往哪裡走嗎？」我搖搖頭，連怎麼走到這一步的，自己都不清楚了。幾次，面對著提款機裡顯示的餘額，一百五十二塊錢，八塊錢，我收回卡片，轉身便難過自責：怎麼會把人生走到如此境地？我從不跟家裡開口，事實上，我已經不知道如何與家裡的人說話了。從法國回到台灣，與父母親的相處又回到了出國前一貫的冰冷、火爆交錯模式，甚至更為嚴重；待在家裡令人窒息，外面又沒有供我馳騁的沙場。

記錄著旅行中的細瑣開銷，就像是彈盡援絕時在房間的地板、車子座椅夾縫裡、父親的褲子口袋（是的，三十幾歲的我還做著十幾歲的事）翻找錢幣般斤斤計較，一塊錢也不能放過。

父與子的生命河流

從杭州出發抵達蘇州四季浮生青年旅館時，已經入夜，旅途的勞累終於在這第十天湧現。撥了一通電話回家，印傭莎莉接過轉給母親，在報了平安和短短幾句問候後，掛上電話，一切都很平和。四年前，哥哥出錢請了外傭照顧因為膝關節退化而行動不便的父親。這件事，就如同家中許多決定一樣，聽不見我的聲音。爬上僅剩的四人房上鋪，計較了一下比六人房貴了五塊錢的差額，沒多久我便沉沉入睡。身體在適應流動的旅程，很多東西則在重整。

天未亮便甦醒，睜眼看著天花板，聽著房裡的鼾聲合奏，五點，我決定下床。洗漱後，用電腦快速查了一下交通資料，回房裡整理出輕簡的背包，我決定到父親的家鄉一趟。

小時候，填寫戶籍資料，要在祖籍欄裡寫上「江蘇武進」四個字時，我總是仔仔細細，一筆一畫都藏著對父親過往的想像與好奇，也許還有那麼一點點與眾不同的驕傲。武進是個什麼樣的地方？講什麼樣的語言？父親上學嗎？父親鮮少提及自己的出身，記憶裡，印象最深的只有大陸開放後幾年父親回老家探親的片段敘述。一別四十餘年，遊子終於返鄉，帶回來的是台

火車車廂一隅。

灣妻子與歲月滄桑。父親帶著母親循著記憶中的路回到了村子，村子已改為小區，在數度變動的景致中還能依稀辨識過往的痕跡。走進小區，繞幾個彎，眼前，老家那扇木門相隔四十年竟然依舊矗立，而蹲坐在木門下那陌生卻又熟悉的身影——已經九十八歲的老母，端著一碗只盛有兩三根青菜和米飯的午餐，緩緩地進食——讓父親再也止不住淚水。「她端著碗在門口吃飯的樣子，就跟從前一模一樣。」

我看著父親回來後沖洗出來的照片，那個我始終未能見到面的老奶奶，身著厚實的深藍色棉襖端坐在竹椅上，身旁是她那斷了音訊幾十年生死不明的孩兒，那究竟是什麼樣的一個年代，那種分離的痛有多麼消磨人的靈魂？始終嚴肅沉默的父親，如何守得住這樣一個巨大的思念與情感而不外露？他在台灣快樂嗎？父親敘述中提及的淚水，也許是我離他內心世界最近的一次。

位於蘇州北方兩小時車程的武進，早已撤市並歸劃為常州的一區。汽車抵達常州車站，下車，面對眼前的一切，我笑了。父親老家在哪？我沒有任何資訊。衝動的決定，也知道會是這樣的場面，那我為何而來？隨意跳上一台公交車，在某個順眼的站名下車，走路，往小區裡鑽，沿途我吸收著這座城市的一切，以為總可以在哪裡碰見父親口中的那扇木門，木門外也許有童年時正在玩耍的父親，木門口有我那無緣相見的奶奶——她在父親回鄉探訪後隔年過世，高齡九十九歲，彷彿留著一口氣等著兒子歸來見她最後一面。

我還想起父親的青梅竹馬，二〇〇五年那通再次聯繫上父親的跨海電話之後，他們是否還有通訊？她也許還在這座城市的某處……那父親在老家留下的妻兒呢？我是否在哪個路口撞見了他們？其實，撥一通電話給台北的父親，我所需要的一切解答就有了，但終究，這趟旅行還是成為我一個人的事。

晃蕩了六、七個鐘頭，我最後駐立在武進大橋上，雙手撫握著一隻裝點橋墩的小石獅子，黃濁色的運河從橋下滾滾流過，望著河水，奇怪的是，我腦中盤旋的不再是父親的過去。父親對家鄉的情結或許還有他深藏的遺憾，就像眼下這條河流一樣，就算尋找到源頭也不可能停止的。那思念與遺憾，幾十年來滲透到父親的細胞與血液裡養成了他過去與現有的存在，無法止斷與剝離，他和他所有的經歷與傷痛都是這條河，只屬於他一個人的河。就如同十二歲的我夢魘一般的經歷也不可能過去，它也形塑了我的生命河道，俯視著這流經我腳下的京杭運河，是的，我想到的卻是自己，現在與未來。

回蘇州的路上，我察覺自己心中有塊灰色地帶——那屬於父親與兒子間混濁的情結——閃進了一道光；短暫的光亮中，我看著父親與我各自站立一方，我們的血脈連結，但他的情緒與遺憾終歸於他，我的則需自己慢慢消化。

返回四季浮生，房裡剛換了一名新來的房客，同樣的大件式登山背包，只是他的看似已歷經折騰，我的則剛要起步。

福州阿達

上海之後，我的關注與表演場域逐漸避開觀光景點並移轉至當地居民生活的街廓裡。庶民豐富的肢體語言與神情變化成為我即興表演最主要的內容。畫上白臉後，走進人群，我習慣先靜默不動地觀察，也讓自己被觀察，彷彿是種入門禮節。然後，悄悄地，我把某個觀望民眾的姿勢及表情轉接到自己身上，直到觀者或被模仿者發現的那一刻，趣味於是生成，表演開始。

我開始穿梭在蘇州街衢巷弄與園林造景的小橋流水間。平江街上石雕師傅細膩與專注的做工、從自家門外直接將桶垂入河裡借水的阿婆、巷內批掛被褥的媽媽、船上人家撐篙撥水的體態，蘇州崑曲傳習所外大娘對著一隻慵懶躺在竹椅上的白毛貓咪輕聲說：「哎呀，你怎麼又上來了啊？來，讓給婆婆坐一下好嗎？」貓咪看了婆婆一眼，又沉入舒適的睡眠中……這些，包括貓咪與妥協的婆婆都成了我模擬的對象。我的身體成為媒介，反照著眼前人物樣貌也疊合默劇表演的節奏與張力；演出發生在居民日常生活行經的某個角落，無疑引起相當大的驚奇感，而就地取材的模擬表演通俗易懂，觀眾常在笑聲中糊里糊塗地成為下一個被模擬捉弄的對象。

跟幾天前剛入住四季的阿達搭上話是我在蘇州的第五天。這天，演出完畢，回青旅一邊收拾著行李準備隔天離開，一邊將相機裡的演出照片過到電腦硬碟。一個人的旅行與演出，若非遇到像上海青旅那幫熱情的朋友，影像紀錄就只能靠自己。

上海之後，庶民豐富的肢體語言與神情變化成為我即興表演最主要的內容，我開始穿梭在蘇州街衢巷弄與園林造景的小橋流水間，晒衣處、巷內批掛被褥的媽媽，都成了模擬的對象。（下：林騰達 攝影）

通常，我將相機連著三腳架及背包擱在路邊，自動攝影模式按了就不管了，因此時常拍出只有半身或根本沒入鏡的畫面。在杭州演出時，有好心的大哥看不過去，對我喊著：「你出鏡啦！」然後自主拿起我的相機與腳架跟拍，並時時監看我那躺在路上的行李。旅行第三站，電腦裡已經充斥著許多我不忍刪除的ＮＧ照。剛進房的阿達跟我打了聲招呼，好奇地看著電腦螢幕上跑著的畫面，默劇白臉吸引了他。

一聽我的默劇出走計畫，阿達充滿高度興趣地詢問我下一場演出會是什麼時候。三個月前，他放下地產公司收入頗高的工作，買了一台單反（眼）相機，從福州出發繞行中國一圈，想要重新整理自己，沉澱並思考未來的方向。這小我許多歲的大男孩，兩道粗黑的眉毛，如同怒目金剛般炯炯有神的雙眼，「我可以幫你拍攝，」他指著我電腦螢幕上滑過的許多失敗照片，「會好看一點。」我方才收拾到一半的行李擱置在腳邊，看著眼前這個流浪氣息濃厚的男孩，「下一場啊？明天。」我把明天即將離開的事實硬吞了下去，反正，計畫與變化總是並行不悖的。違心之論。

山塘街上的哈密瓜香

蘇州的第六天，阿達與我特地起早前往位於西北邊的山塘街準備拍攝及演出。唐朝時蘇州刺史白居易為解決民憂而開鑿山塘河，河道開鑿引水後外建堤防，沿堤的山塘街應運而生。一千多年歷史的水巷當然是觀光重點，但清晨六點觀光客大軍未見動靜，顯然還在睡夢之中，山塘街早市仍然是當地居民及攤販聚集的地方，一早即人聲鼎沸。選個角落上妝，暖身，我竟然感到緊張起床。在市場表演可是頭一遭，山塘街狹窄的街道上攤商小販銜接緊密，買菜人潮也相當可觀，面對這麼高密度的場域，我實在無法預料自己如何能將白臉妝扮卡進這條街的景致裡而不會對人們造成干擾。阿達的攝影鏡頭已經開始工作，他充滿活力，我則怯生生地走進川流不息的人潮裡。

戶外即興演出，是依環境與人的組合不同而隨時變動表演內容及走向，五感的觀察及頭腦運作都必須維持在高能量狀態，因為任何一個路邊過眼的細節，都有可能讓表演面臨撞牆或是開啟契機。

山塘街演出的契機，就發生在路旁一個哈密瓜小販的身上。在我窘迫行走之際，哈密瓜老闆突然綻放出的笑容與白牙齒及時於人流中勾住了我的注意，那笑容讓他擱置了手邊秤斤論兩的動作，也讓我將近半小時無法施展的尷尬得以拋諸腦後。閃過流動人牆，箭步，我出現在盛著堆滿金黃飽滿的哈密瓜的板車旁，先是誇張地隔空聞著瓜果香味，然後作勢品嚐起一顆隱形的哈密瓜。此舉，逗得老闆大笑，連聲叫好。笑聲如漣漪般傳出，很快地表演聚焦，我索性就站在那方寸之地繼續扮演起一名哈密瓜老饕。

「好，來請你吃。」老闆突然切起整顆的哈密瓜準備讓我品嚐，讓人受寵若驚。表演雖然沒能替老闆吸引到真實買客，卻成功地吸住了觀眾的眼球；漸漸地，以攤位為中心形成了半個淨空的圓，圓外滿是觀眾（我下意識地豎起防城管天線），而老闆笑得比哈密瓜更甜美。無奈，當削好的半顆瓜準備遞來時，原本不動聲色的老闆娘突然碎嘴了一下，老闆只好對半再對半，老闆娘一個眼神，又對半再對半，最後我拿到的瓜只剩一根手指的寬度。無妨，因為當我打破默劇邏輯將那真實的瓜肉吃進嘴裡時，口腔瞬間被哈密瓜散發出的香甜汁液充滿並滋潤著，今天已經值得了。

阿達的鏡頭捕捉到了這一幕。山塘街的演出從街頭到街尾足足走了三個多小時，這段時間，我不用擔心阿達拍了什麼，也無須刻意停留尋找他的鏡頭，有種默契與信任在剛認識沒兩天的我們身上流轉。晚上，我在阿達的攝影紀錄中看見了豐富的自己：躺臥三輪車裡的睡美人、坐在廢棄的沙發椅上讀報喝茶的男人、收下正在玩樂的孩子遞過來的一把迷你玩具破天斧彼此來場巷弄追逐大戰、累了學狗躺在路上，然後這裡擁抱一個獻上香吻的大姐，那裡吃了老先生一計閉門羹，嘟嘴以示抗議……最後，我的視線流連在檔案夾底部幾張與阿達的合照，藍色格子衫把他和天空以及背景的藍色大陽傘連成一片開闊舒爽的色調，阿達濃密黝黑的頭髮與鬍鬚雕刻出他剛毅執著的性格，十連拍的照片裡，他的身體幾乎僵直，但臉上揚起的嘴角始終迷人。

當了三個月旅人的阿達，繞行了中國一大圈，西藏、新疆都去了，蘇州是他的最後一站，之後

山塘路旁的哈密瓜小販切了一小片哈密瓜讓我品嚐，讓人受寵若驚；就地取材的模擬表演通俗易懂，觀眾常在笑聲中糊里糊塗成為下一個被模擬捉弄的對象。（林騰達 攝影）

便要返回福建，重新面對工作與人生的選擇。

蘇州的最後一天。分離前，阿達說要好好慶祝，於是他在旅館附近找了家重慶烤魚。我在被烤魚的重辣嗆得狼狽不堪時，豪氣喝著雪花啤酒的阿達問我，下一站去哪？語氣不帶絲毫黏膩。趁著他舉起瓶底逐漸見空的酒瓶時，我偷偷望著他的眼睛，他的手，他身上那件印著尼泊爾字樣的藏青色 T-shirt，好好看。有人陪伴的旅行是幸福的。

「我……」夠了，我記住你的臉了，阿達，再會，「下一站，我去……」

「我跟你去吧，尚德。」

在微醺之中，我聽到了這樣的回答。

六月中旬，北川之行

落地成都，安頓好住宿，我給王希打了個電話。王希是我在蘇州青旅認識的朋友，電視台記者，全世界到處跑。成都姑娘說話直接，行事豪邁，一雙大眼機靈無比。當初在蘇州一聽我無計畫的中國之旅，她連聲嘖嘖，搖頭表示：「也太沒效率了，這樣你會浪費很多錢在交通費上。」接著，姑娘便熱心地依照自身豐富的旅行經驗，提供我各種行程套裝組合，並要我到成都時務必聯繫她。

我倆約在王希公寓附近的文殊院，蘇州一別後，她又天南地北跑了幾個地方，剛回到成都。在小館子用過川味料理，王希一邊帶我散步認識這座她口中「去到世界任何地方都不會是終點，只有這裡才是」的城市，一邊和我說著她的烏鎮以及瀘沽湖之旅。星期天，成都街上清脆的麻將聲此起彼落，蜀地午後的陽光並沒有想像中螫人，小狗小貓老人家在門口各自一角打盹，果真是座悠然慢活的城市。當然，王希還是不忘關心我的行程安排。而也正如她所能預料的，我唯一確定的行程就是此刻，跟她在這裡。

「這樣，你在成都待幾天後，或是入藏，不過你們台灣人入藏太麻煩，不然就得跟旅行團，但旅行團費用太高，不值；再不，就去瀘沽湖，從四川這頭進，雲南那頭出，接著可以去雲南，然後回頭如果你沒打算往廣西湖南那去的話，就往北走，重慶啊、西安啊、都可以去。不過，我估計去這些地方你還是得先回成都轉。」

王希越講越興奮，整個地圖在她腦海，順便標記了她以一個記者的角度對這些地方的旅遊觀察，我愉快地迷失在她口若懸河的敘述之中。

「啊！」王姑娘突然大叫一聲，恐怕要驚擾整座正在午休的成都市，「去老北川！」她黑色晶亮的眼珠子投射出光芒，「二〇〇八年四川大地震，外面一般人知道汶川，但其實北川縣城受災更是嚴重，居民死傷無數。我去年採訪時去過，那裡，怎麼說呢……很特別！你去！你去！會有不一樣的表演靈感的。」近乎命令的口吻，但老北川三個字確實已經吸引了我。

成都往綿陽火車車程只需一個多小時，下了車，我按照王希的路線指示坐上通往擂鼓鎮的巴士。川震過後三年，進入北川的主要路段因受災嚴重，修整工作仍緩慢地在進行著，照王希建議，我在擂鼓鎮之後從禹里繞道過去。從綿陽出發的巴士行走山路近兩個小時，公路旁開始出現一簇簇標示著川震後重建的羌族村落，新式灰白建築就如同公路旁偌大的紅底白字標語：**從廢墟走向新生**。車子抵達終點擂鼓鎮時，乘客只剩下寥寥幾個，他們看著背登山包、戴軍綠色帽子、明顯外地人的我也許納悶：現在跑來這裡？有沒有搞錯？

我在簡陋的黃土廣場邊詢問到了通往禹里唯一的交通工具，越野吉普車，車行時間：「最少四小時，但路上出了狀況就不一定囉。」車行老闆還真老實。原來禹里對外交通依舊受損嚴重，路斷橋塌，只有越野吉普車能勉強穿梭在崩壞的山路、爛泥及溝壑間，但也不免時有意外發生。算了，都已經到這裡了，我掏出四十塊錢人民幣交給車行老闆，等了半小時，接著便被安排與五名羌族婦女拚車一起往禹里方向去。

車行不出十分鐘，一個轉彎，我們已經在顛簸的山路上晃蕩。說山路，其實不過是吉普車在滿目瘡痍的山間裡來回踩出的通道，通道上大小石堆裸露，坐在車內，身體上下左右不停地劇烈晃動，讓你無法想像自己正在前往任何地方。我心驚膽戰，左手緊扣著窗戶上的手把，嘴裡數次被震盪出髒話來。整個山區，掛有「危險路段」的標語隨處可見，新近斷開的山壁上落石不斷，有時吉普車涉水而過，司機提醒，我們行駛在原來的一條河道上，只是地震把水脈斬

到成都認識這座王希口中「去到世界任何地方都不會是終點，只有這裡才是」的城市。

斷，河水不知洩到哪裡去了。年輕的羌族司機整路撥放著流行歌曲，一下是：「我要妳當我的老婆，喔，喔，喔……」一下：「終於妳成為別人的小三，我知道那不是愛……」俗濫的情歌震天價響，卻引來司機及同車幾位羌族婦女跟隨，老婆、小三、老鼠愛大米，在這顛簸的吉普車裡十分直白地被唱誦出來。

車子嘎噔七個鐘頭，翻山涉水，我們還一同下車除去擋路的巨石，更直擊對向來車翻覆的驚險——年輕的司機見狀，只向我們問了句：「趕時間不？」然後全車人便涉過泥濘去幫那台翻覆的車子再翻回來。回到車內，司機一派輕鬆地和我這個心有餘悸的外地人說，這常發生的，沒事，翻過去再翻過來而已。

站在鎮前嶄新的石橋上，我看著這座傳說中大禹的故鄉被包覆在一片飛揚的塵土裡。順著一道道交錯著工程車、機電車、卡車車輪印痕的泥石路往上走，穿過令人掩鼻的黃沙迷霧，禹里的面貌終於清晰；只是，山河環繞中的這座小鎮也是大地震侵襲後的重點災區，房子倒塌，居民死傷無數。鎮上多數的房舍都在施工中，新建的房舍與頹傾的建築參差，水泥攪拌車、搭建鷹架用的長竹、石塊磚瓦及各式工具任意堆疊置放在路邊，幾隻放養的雞鴨和滿身灰泥的小黑狗則自由穿梭其中。我找了一間旅館準備留宿。同時經營著麵包店的旅館老闆狐疑地打量著我這個時機不對的外地遊客，一路上，我已經習慣了這種眼神。老闆接著在櫃子裡翻找著房間鑰匙，我的注意力則停留在麵包店透明玻璃櫃裡寥寥幾塊不知道陳列多久的鮮黃蛋糕，想起自已一路趕車，已經十個小時沒有進食了。

「老闆，這附近有什麼吃的可以買嗎？」

老闆將鑰匙交給我後，轉身拿起塑膠袋就從玻璃櫃裡迅速抓起兩塊蛋糕遞過來，「你不介意，吃這個吧，現在這時間沒東西買的。請你吃。」

待老闆引我上樓打開房門並交代用水注意事項離開，天早已昏暗。打開燈，這才發現自己身在一間綠門、綠牆、綠窗簾滿是人工綠意的房間。我坐上雙人大床，從行李拖出那瓶一點五公升以「大自然搬運工」自稱的農夫牌山泉水，配著吃起那兩塊出奇鬆軟、走味的蛋糕。蛋糕和著禹里的夜，一天就這樣結束。

第一班往大壩的汽艇將在清晨六點出發。地震在這個地區造成大片山體滑動，滑落的山體攔腰截斷了河流，圈出了一個巨大的堰塞湖。位於河流上游的禹里等鄉鎮居民頓時從山民變成了湖民。這堰塞湖於是成為禹里居民對外的替代交通管道之一。搭船前，我特地早起再次走訪這座重建中但已被當地政府規劃為日後觀光旅遊景點之一的鄉鎮。禹里居民們清晨五點便已開始勞作，房舍外搭起的鷹架上早有人頭竄動，路上幾台水泥攪拌車運轉著，可能同時餵養整條街的建築工事。順著泥濘的小路往上找，重建中的大禹紀念館枕著背後連綿的山景，看來落成之後會相當可觀。在我轉身離開前，一旁偌大的告示不忘提醒：禹里，堰塞湖畔一顆璀璨的明珠，希望就在這裡。前人治水，後人治觀光。我低下頭，循回方才泥濘路上一塊塊乾燥的地面，走啊跳地漸漸離開了這座尚未璀璨的明珠。

汽艇在堰塞湖上行駛，湖面上不時看得到露出的樹頭及半浮半沉的木製結構，這廣大的速成湖是否也淹沒了幾個聚落？經過一個小時的航行，抵達大壩，下了汽艇，我們還得搭上開往任家坪的小巴，再從該處轉搭大巴才能抵達北川。百轉千迴，幾小時後，幾個斗大的北川地震紀念館字樣才橫陳在我們面前，事實上，抵達終站的乘客只剩下我一人。

下了車，我不禁擔心起自己是否也會是這縣城唯一的外來遊客。原以為地震紀念館在北川縣裡，但往裡走沒幾步，卻發現有個入口購買門票的指示。詢問售票人員，原來，王希沒提到的是，地震過後，北川縣城幾近全毀，倖存的居民早已遷至他處另建聚落，留下斷壁殘垣的城鎮則成了地震遺址紀念館。裡面沒有住戶了！我的表演該怎麼辦？手裡拿著印有「5・12特大地震后的北川縣城」說明及照片的票根，照片近景綠山茵茵，中間被環抱的則是除了幾棟尚且站立的高樓外其餘房舍全部糊成一片稀爛的北川縣城，稍遠，光禿的山群大概說明了地震當時這座城市同時遭遇的災難。我還是進入了這趟旅程的目的地，儘管它已人去樓空。

親人都安息了，您還忍心驚擾嗎？

整座城市成為一個遺址紀念館的概念其實滿駭人的。在這裡，崩壞的原貌被大量保留起來，一部分仍在整理施工的區域則預計日後開放成文物資料館。我順著因地震而錯層、隆起，甚至部分路段流失的街道，看著一座座被鋼架勉力支撐起如同標本的半傾建築，柵欄外（中英日韓四語）告示介紹著每一棟公共建築的背景，例如：

北川職業中學遺址／遇難師生一〇九人／在「5．12」特大地震中，學校建築嚴重毀損，樓梯斷裂，倖存師生用床單及被套結成一條條「生命之繩」，成功將五百多名被困學生緊急轉移到安全地帶。

時隔三年，那條血紅色的生命之繩依舊可見，時間在那一刻靜止了，各種剖面的樓房、碎裂的玻璃窗花、搖搖欲墜的門面、缺角的塗鴉……三年的風吹日晒雨淋，怎麼就無法將這片慘象化為烏有？我倏忽想起，哎呀，在那些斷垣殘瓦之下還埋有多少當時無法挖掘而出的屍身，他們也成為了紀念館裡無形的文物，提醒著後人大自然反撲的可怕。我在隨手的筆記本上潦草寫下「巨大的墳墓」五個字。

陸陸續續，這座空城出現了其他同我一樣隻身的旅客，我們以各自的步伐，隔著圍欄，也許從一個未能帶走的已經變形的洋娃娃、門上褪色且蒙灰的喜字、散落的衣服，去拼湊一個家庭的生活原貌。也見到了諷刺的對比，兩棟全毀的民房各自只剩半個牆面左右斜向中間那棟安然無恙的公安局。順著步道繼續，一座被圍起的斷橋出現在我眼前。斷橋上不斷有從旁邊山坡湧出的清泉流過，斷橋於是成為了瀑布，水就這麼源源不絕地從橋上流落虛空。原本還滿心期望來這裡演出的我，親眼見到了一場大地的悲劇，或者鬧劇，只是演完無人收拾，斷橋無法再生，流竄的水繼續流動，雜草蔓生，生命則依舊渺小。

最後，我跟著其他聚集起來的遊客停在那座被巨大石塊淹覆的北川中學階梯前；位於山腳下的學校，未能逃過地震瞬間引起傾倒而下的土石流，學校主體建築均被覆滅，師生死傷無數。從石階上望過去，學校的輪廓已經全然消失在線條嚴峻的巨石堆下，唯獨逃過一劫的操場，籃球架還孤身挺立，只是少了孩子們的玩樂笑語，也同樣躲過攻擊的五星紅旗繼續飄盪著，旗座前方掛著一個長型的白色布條，布條上的字句映著風中鮮紅的旗幟，格外令人難過：

懷念愛子三週年
兒子 爸媽好想你
想你 心痛 傷心 永遠愛你
願全校師生們一路走好

我的淚水不可抑止地流著。失去的滋味是什麼？想念的滋味又是什麼？為何愛與想念伴隨著如此巨大的傷與痛，傷痛之中，逝者如何好走？生者又如何好活？這座紀念館殘酷地提醒著，如同一頁翻不過去的歷史，但是，它又如此新近，近到你呼吸的空氣都有著墳土裡亡者的最後氣息。

返回成都後，我將北川之行的震撼告訴王希，但王妹子畢竟記者出身，理性思維強，一句回應就堵住了我的滿腔情緒：「豆腐渣工程是需要追究的，但那個節骨眼上沒人會談，現在也是。」接著她說起在各地採訪見到的類似情形，只是話到一半，妹子突然轉移話題：「等等我請你去吃四川麻辣火鍋，算幫你餞行。你看看我們成都有沒有勝過你們台北什麼鼎王啊，太和殿啊那些香港明星的最愛？」她對台北的認識比我還多，連我壓根都沒聽過的女巫店她都知道是什麼。

我終究不敵天府之國的辣，在王希好心提供住宿的那一晚，有一半時間是待在廁所的。天亮，儘管睡眠不足，肚子不舒服，還是得背起行囊往下一站出發。告別了王希，坐上開往雲南的火車，我嘴裡不斷跟著哼唱前晚在王希家兩人對著電腦放出的歌曲，從李志〈梵高先生〉、許巍〈故鄉〉、五月天〈我心中尚未崩壞的地方〉到 Coldplay（酷玩樂團）的〈Fix You〉。王希說，看克里斯・馬丁（Chris Martin）在演唱會上奔跑像鳥飛翔一樣，那種自由讓人感動。

是的，我們都在尋找自由，我在颱風天三樓的陽台上尋找過，在巴黎幾個狂歡的夜裡尋找過，每個短暫的愛情幻象裡也有我的身影；我想，我曾經觸摸過它，自由，在每次疲倦地尋找之後，在連尋找都忘記是什麼的時候，比如說，現在，隨著耳機裡的歌曲哼著：

When the tears come streaming down your face（當淚水不斷從你頰畔滑落）
When you lose something you can't replace（當失去的不再復返）
When you love someone but it goes to waste（當你的愛只是徒然）
Could it be worse?（情況還會更糟嗎？）
Lights will guide you home（燈火會指引你回家的路）
And ignite your bones（點燃你的勇氣）
I will try to fix you（而我，將會填補你的傷口）

車窗外，自由輕拂而過。活著，自由也才有意義。

六月下旬，雲南

從瀘沽湖轉往麗江的等車途中，我用手機撥了通長途電話回台灣，印尼幫傭莎莉接起：「先生喔，阿公在睡覺，阿嬤和憶文阿姨去醫院做檢查。」

「喔，那家裡都好嗎？」

地震過後，北川縣城幾近全毀，儘管人去樓空，我還是進入了這趟旅程的目的地。時隔三年，那條血紅色的生命之繩依舊可見，時間在那一刻靜止了。

「嗯……好啊。要叫阿公起來聽嗎？」

「不用啦。妳跟阿公還有阿嬤說我打回來過。」

有點慶幸，母親不在電話那頭。

虎跳峽的意志力考驗

「成行了！」老戴興奮地跑進房間，向我大聲報告了這個消息。這個我在青年旅舍新認識的北京朋友，一見如故，相識第一天，兩人便從晚餐聊到了宵夜。在巴黎一家法律顧問公司工作的老戴專門處理國際官司，只需工作半年的他，有另外半年的休息時間可以雲遊四海。「有時跟老婆，不過，多半都我自己跑來跑去。她反正也懶。」他說起自己刻意搭了好幾回商務艙，來回巴黎、北京才追上當時擔任空姐的老婆，「花了我好多銀兩啊！不過當時我對她真是一見傾心。」老戴霸氣的言語中仍有藏不住的幸福語調。他喜歡雲南，幾乎每年都來。一聽我對過度觀光化的麗江古鎮頗有微詞，老戴馬上提議：「那咱一起去虎跳峽吧，看看旅館有沒有人要一起拚車去。虎跳峽我算熟，那裡你應該會喜歡的。」我從他身上看見了阿達的身影，那種豪爽、不拘小節的神采。

雖然花了兩天的時間，老戴果真還是在旅舍裡找到了一群志同道合的驢友（即自助旅遊

者）。經驗老道的他在麗江客運站找了台麵包車，替眾人殺好價，便帶著大家上了路。我開始信服於中國人群聚的力量，拚車，拚桌，以最有效率最省錢的方式在旅途中生活。兩個小時後，麵包車抵達上虎跳峽的橋頭。隸屬於香格里拉縣，金沙江上游的虎跳峽分上、中、下三段，南有玉龍雪山，北有哈巴雪山，地勢險峻，水流湍急。老戴說，天有點晚了，我們直接搭車到中虎跳的中峽國際青年旅舍（Tina's Guest House）住一晚，再一路徒步下去，預計花三天時間返回上虎跳。聽到香格里拉及雪山，我興奮地提及曾經看過的雪域傳說：聽說香格里拉有祕境，至今仍住著一群具有高超智慧及超能力的古老生命，他們由雪怪守護著。「古老生命也沒用，你先熬得過虎跳峽再說吧，台灣哥們！這裡的山路不是那麼好走。」老戴潑了我冷水，轉身，便往一間旅館走去。

「你們行李能寄的就寄在這，」從旅館出來滿頭大汗的老戴大聲叫著，「隨身的行李越輕越好！否則最後苦了自己，沒人有餘力幫你們。」他刻意加重語氣，眾人馬上戰戰兢兢地收整起行李，氣氛頓時變得緊張。考慮再三，我還是放棄沉重的默劇化妝包及表演的打算，不希望影響集體的活動進行。

車子抵達中虎跳的 Tina's Guest House 時，已經晚上九點，方才千繞百轉幾度沒有路燈闃黑的山路，令隊伍中的羅老師有點不舒服，一到旅館便直奔廁所。八人團隊，除了我、老戴、羅老師和同行友人小鄧，來自北京頂個大光頭的老王，大學生小張，還有一對關係不明的男女，大李、小李。八人安頓好房間床位後，我們爬上頂樓，十五的明月已高掛夜空。

清晨，不等老戴提醒，大家早早起床洗漱，開始集體行動。一起在旅館用過簡單的餐點後，今天主要是中虎跳峽探險之旅。出了Tina's Guest House，老戴熟練地帶著我們走向一條往下的山坡路段。山坡路陡又多碎石，得時時留意步伐。長相逗趣帶著眼鏡的大學生小張，走起路來難掩年輕人的莽撞，一連在這狹小陡峭的山路摔了三次，每次摔倒就帶起一陣土石滾落。領隊老戴耳提面命，這裡提了醒，那裡又換小鄧姑娘慘叫，土石再次翻落。光頭老王興致高昂，沿路不斷用他的京片子對著幾位姑娘哼著小曲，有時挑逗，有時揶揄，直到羅老師終於表示反感出面制止。西安來的大李（阿言）和小李（李巾）自成一隊，身材高瘦的李巾一身墨綠勁裝及墨鏡，一臉俐落的線條反映著她堅硬好強的性格，她幾度超前幾乎脫隊，我從後面彷彿感受得到老戴頭巾之下壓抑的怒氣。而同樣也帶了副像雷朋墨鏡的大李，有時在李巾身後如護花使者，但多半時間又只是悶著頭自顧行走，兩人互動狀態，我還是看不明白。

不久，我們抵達當地居民張老師自主修建維護的「張老師步道」，繳了過路費，路面果真變得較易行走，大夥下降速度加快，沒幾分鐘，黃濁色湍急的金沙江水就出現在眼前。浩浩江水拍打著峽谷兩岸，尤其那顆蹲踞在河道中央的虎跳石，激盪起巨大的白色水花及重度立體聲響，甚是壯觀。老戴說起虎跳石的由來，不意外，就是傳說中老虎從這岸跳至對岸中間予以借力的石頭，聽完，每個人轉身又回到眼前實際的壯觀景致中。

在每次疲倦地尋找之後，在連尋找都忘記是什麼的時候，自由輕拂而過。活著，自由也才有意義。

老戴專業領隊氣勢已出，給足大家時間沉浸在峽谷的風景之中拍照、探險，還不忘隨時提醒安全以及集合時間。離開虎跳石，一路陡升的上坡開始考驗著團隊中每個人的體力，尤其第一座天梯出現時，眾人傻眼，連老戴也面有難色。近九十度的天梯同樣也攔截住一批欲往上通行的遊客。瞬間，眾人望梯興嘆，直到光頭老王大喝一聲：「老子來也。」開始往上攀爬，阻塞的人群才緩緩紓解。雖然旅途至今已掉了六、七公斤，但我仍然是全隊噸位最重，年紀最長的，老戴開玩笑說：「尚德您德高望重最好墊後走，以免塞住大隊人馬。」卻又害怕我有什麼閃失，所以跑來後面護著我。第一座天梯還有點斜角可以偷力，接著第二座、第三座殘酷的直角，幾乎是讓人抖著上去的。

三座天梯之後，我的雙手已經毫無氣力，肌肉隱隱發疼。然而迎接我們的是更大的挑戰，從一線天繞道回 Tina's Guest House 的全上坡陡升土石路段，比來時路更艱難。團隊很快地就完全打散，疲倦的每個人只能以各自的步伐走著。因為要帶隊，老戴必須走在最前，但到中段時，他明顯也撐不住，只是跟我一樣強忍著。我是逞一口氣，不想讓眾人看笑話。年輕人小張和光頭老王體力好，等老戴幾乎停下腳步時，索性甩開漫長散落的隊伍快步超前。我跟老戴停住，年紀相仿的兩人汗流浹背像兩頭喪家之犬。「你往前繼續吧。」氣喘吁吁的老戴這麼說，應該是沒看出我和他處在相同的窘困中，我愣了一下，好吧，艱難地提起腳，慢慢將他落在後方。

這一起腳，我就再也沒停下來。體力即將竭盡之時，從疲倦的身體深處突然湧現出強烈的意志力。我豁然明白，這意志力是長久累積的能量爆發——從小獨自面對創痛，後來在巴黎生活咬牙撐過默劇那幾年日復一日沉悶的學習，回台後面臨拮据的生活，一直到這趟默劇出走的刻苦旅程，至今雖然迷途過卻始終沒有停下的步伐匯集起來的延續力量。我就這樣走著，超越了在路邊躺下的光頭老王，也同樣將瞪大眼睛驚訝看著我的小張甩在後面，第一個爬到了終點。

「真是沒想到台灣哥們這麼厲害！慚愧！慚愧！」

晚餐時，老戴遞給我一瓶啤酒，像是頒獎一樣，但隨即就變換語氣對眾人說：「今天算是暖身。明天我們往上走到上虎跳，這段路比今天的更難走，不是開玩笑的。」他看了光頭老王一眼：「很多路段狹窄而且是懸崖，摔下去可沒得救的。我們預計連走四個鐘頭，清晨六點出發，四個鐘頭如果走不到哈福威，我們會被太陽晒死。體力不行的，想退出的，我會幫你們找車從 Tina 這裡轉回橋頭去。車子應該可以坐四到六人。」老戴眼鏡後方兩隻眼睛透著犀利的目光，連一路話癆的光頭都沒吭聲。

這晚，我們睡得特別謹慎，只能養足精神，以免明天淪為退轉的名額之一。

Halfway——看腳下

六點不到，天還殘留昏暗夜色，我們已經穿戴整齊踏上新的旅程。老戴沒有嚇唬人，昨天虎跳石、天梯、一線天的的步道雖難走但還有樹林遮蔭，今天一離開Tina's Guest House往上走的幾乎全是碎石裸岩的山路，我可以想見老戴昨天提及烈日可能的威脅，尤其我們都是即興湊起、沒有專業裝備的一行人。

八點多，太陽完整出現在山頭，增加了行走必須承受的熱度，但同時也點亮了整個峽谷的美景。大夥拿出相機爭相捕捉美景，群山環繞，仰頭，藍天清澈白雲如浪花，令人想一躍而上永久沉溺，低頭，金沙江含蓄成一條串起這副景致細微的生命線。老戴依舊低頭行走，離停下的眾人越來越遠，然後他轉頭往後喊了一句什麼，我們沒能聽清，只能再邁開腳步繼續行走，邊走邊欣賞沿途美景。狀況就在這之後發生了。

我們在一個山泉形成的臨時性瀑布落下處追上老戴，已經通過瀑布的他指導大夥該踩在哪幾個石板上跳過去。瀑布水量不算大，但通道上的石板積水嚴重容易打滑，羅老師、小鄧、小張、我陸續通過，大李、小李遠落在後不見蹤影，而光頭老王拿起相機想從瀑布下方斜角往上拍，此舉馬上被老戴喝斥制止。光頭沒轍，只好放下相機快速通過瀑布。只是沒想到，當眾人繼續向前時，光頭又偷偷轉身回去想完成任務。

發現此事是因為後方馬上傳來一聲慘叫，叫聲在山谷裡迴盪了幾秒，「他媽的！」老戴咒罵一聲隨即回頭快步走去。眾人隨後抵達時，光頭已經全身濕透地蹲坐在瀑布旁，懷裡的相機無疑也泡過水，他大口喘氣，老戴則是怒目相向。原來，光頭老王為了拍下各種角度的照片，

（上）在我身後的虎跳峽，分上、中、下三段，南有玉龍雪山，北有哈巴雪山，地勢險峻，水流湍急。仰頭看見藍天清澈白雲如浪花，令人想一躍而上永久沉溺其中；（下）Halfway 客棧指示牌。

不小心踩到了一片脆弱的石板，整個人失去重心摔落在地面，再差幾公分，他就會連人帶相機跟著噴落的水流往山谷下放送。

「我剛剛說過了，不要貪看景色。在這裡，欣賞風景和行走，你們只能選擇一件事去做。而我們要做的，就是趕路。」

光頭顯然不買老戴的帳，在意外發生後，他更刻意減緩步伐脫離隊伍。我則有點擔心李巾他們的狀況。

其實，老戴說的話有道理，往上虎跳峽的這條路景觀美不勝收，但當你貪戀眼下美景，行走中的腳步便容易混亂失衡。

「跟上隊伍，然後視線就擺在前面一個人和自己的步伐中間，注意力必須在腳下。」老戴的話有禪意，看腳下，在當下，美景與行走，必須取捨，「還有，休息時，不要坐下來，渴了喝水，喝一口就好，行走中的人很容易貪圖休息，一怠惰下來，要再開啟動能，就不是那麼容易的事了。」

抵達 Halfway 旅館時，已經十一點，最後那段太陽直晒下的行走對大家都是很大的折磨。等我們房間床位安排妥當，補充水分，稍微修整面容後，落後的三個人才一臉狼狽地到達。原來，李巾在路程一半身體突發狀況，頭痛犯噁影響行走，大李勸她返回，但個性強硬的李巾不願服輸，於是兩人走走停停，而且從現在兩人的互動看來，沿路應該口角不斷。

Halfway客棧顧名思義，路的中途。客棧裡種滿各式花草，不小心還能發現幾株野生的五葉大麻。應該是當地白族的老闆娘和幾名說話嗆辣的姑娘忙裡忙外招呼著午餐，這個著名的客棧，也吸引了大批國外觀光客到來。木造小屋容下了我們八個人和兩名分別來自瑞典及愛爾蘭的男生。走出屋外，玉龍雪山就在眼前。我們不約而同地拿出相機，總算可以無所忌憚地拍照留影。Halfway的廁所也是一絕。打開門進入隔間，消失的第四面牆讓我們蹲廁時面對的是同樣的壯觀山景，顧此失彼，如廁時間拖長許多。

Halfway閒散生活的第一天，我多半時間就躺在陽台或是坐在無遮蔽的樓頂，對著山景、藍天白雲發呆，用眼睛跟著涼風數著節拍，睡睡醒醒。光頭老王嘴裡腥羶色笑話沒有停過，同樣也是北京人的老戴則明顯對他嗤之以鼻。

李巾這幾天跟我走得近，老是叫著台灣哥哥。晚上，趁著大李入睡，李巾抽著菸在陽台邊和我說起她與大李的關係——為了這個男人，她放下西安酒吧的工作一路追隨他到雲南，只為了要確定自己在男人心中是否有她想要的位置。李巾一直等著男人先開口，但沉默的男人始終不給答案，只有模稜兩可的肢體與刻意閃避的語言。李巾抽著菸，說著她的苦惱，臉上原本凌厲剛強的線條，在夜色與愛情的迷惘中變得柔和。

「我大老遠跑來這裡，這個動作很明顯了吧！他應該知道我的意思。」

「直接問他吧。否則我看你們倆這幾天相處的模式，看得我都煩了。」

李巾笑了笑，笑容中的她很美麗，但我心裡直覺，這個男人並不愛她。

已近凌晨，李巾和我準備返回寢室，陽台上突然多了兩具「屍體」。同房的愛爾蘭和瑞典人嫌室內空氣不流通，於是自己拿了睡袋鋪在陽台，說要仰望星空直到入眠。愛爾蘭男生 Eric 在晚飯時和我聊了許多，在都柏林當會計師的他，每年一個月的假期都會帶著他的非洲手鼓到處旅行。今年的假期，「我全部貢獻在雲南了。」他瞇著眼睛笑著，棕黑色的短髮，放縱的鬍渣，會計師與藝術家兩種性格融合在他身上，十分迷人。在大理和麗江，Eric 常拿著手鼓在街頭演奏，不為賺錢，「but to earn some sparkles of life」，為了賺得些許生命的火花，他說。那火花，我在他深綠色的眼珠裡也看到了。

我在躺著的 Eric 身旁坐下，瑞典男生 Joshua 睜著眼睛看著星空，滿是享受。帶著吉他旅行的 Joshua 是 Eric 在麗江青旅認識的，很快兩人就結伴一起在街頭表演。「所以你一路表演默劇？很酷啊！你收費嗎？」Joshua 突然轉過頭問我，二十五歲的年紀，講著帶有腔調的英文，感覺就是個勇闖天涯的大男孩。「Nope, I am here to earn some sparkles of life, too!」我這麼回答。裹著睡袋的 Eric 大笑，笑聲如劃過的流星般燦爛。

跟兩位道晚安，我回到早已鼾聲大作的房間。

這夜，我輾轉反側，難以入眠，只好睜著眼睛看著上鋪的木頭床板。我還是想起台北的家。進入雲南之後就沒再與爸媽聯絡了，這幾天在山上手機收不到訊號，也無法撥打。

兩個人的眼底星空

緊閉的房間裡二氧化碳過多，悶著疏通不開，我終於起身，將棉被披在身上走出去。戶外涼爽許多，知道 Eric 和 Joshua 在陽台上睡覺，我刻意將動作放輕。不對，陽台上只剩 Joshua 還在他那具橘紅色的睡袋裡，Eric 不見蹤影。也許我沒注意到他回房間睡了吧。滿天星斗實在迷人，近得隨手可掇，我爬上往頂樓露台的階梯，想要沒有死角的視野。上了露台，卻發現地板上躺著一大包如蛹般的黑色睡袋，是 Eric？我試圖走近確定他的身分，只是沒想到，他同時睜開眼睛，嚇了我一大跳，不知如何是好，我們就在黑暗中這麼對視著。

「哇！不要動，你的眼睛現在也埋在天空中，像是星星一樣。」躺著的他顯然沒有入睡，語言清晰。

我突然語塞。

「你都把棉被帶上來了。我不邀請你一起躺下，就太沒禮貌了。來。請躺這邊。」Eric 坐起身來，從睡袋裡抽出手，往他左邊的木頭地板敲了幾下，清脆的聲音格外明顯，露台之下就是房間，我有點擔心吵到下面睡覺的同伴們，於是將裹在身上的棉被卸下，就地而坐。

「躺著吧。你這樣坐著看著我說話，不會吃力嗎？」

唧～唧～唧～唧～暗藏在夜色裡不知名的昆蟲們叫聲各異，但聽到最後全集合成了同一個音；入夜後，牠們肆無忌憚地高聲唱和著生命，無法無天。我將棉被對摺，將自己夾在中間，躺了下來。

「Je t'aime bien, Sunteck!」Eric 突然用法文講了這句話。我知道他也在法國留學過，而且和我在巴黎的時間重疊了兩年，只是沒想到他說了這句話，我滿喜歡你的。法語的 Je t'aime bien 其實不一定有愛（aimer）的意思，若要翻成中文，可能比較近於「（你很有意思），我滿喜歡你這個人的」。

這句話出現在此時此刻，令人有點抓不著頭緒。小心翼翼地，我假裝沒聽清楚。

「聽你的旅行經過，我覺得很棒。你很勇敢，Sunteck。」

望著星空，聽著幾乎要蓋過 Eric 講話聲音的蟲鳴聲，「我自己也覺得很勇敢。但這沒什麼。」C'est pas grand chose. 我稍微放大音量這麼回答他。但我心裡清楚，這只是我的防衛機制，為了反對而反對。

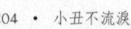

「勇敢當然不是什麼了不起的事啊，因為勇敢之人本來就具備勇敢的本質，就像懦弱之人，會始終懦弱一樣，只是什麼時候釋放它出來，釋放多少而已。但我剛說你很勇敢，重點不在於你有多勇敢，而是在我說你很勇敢。」我以為自己的法文退步，他整段用法文說的話，我抓不到真正的意思。

「沒別的意思，我只是想說，你值得被看見。」Eric 丟下這句話後閉上雙眼。我側著身體看著他，高挺白皙的鼻子，像是黑暗中的玉龍雪山；他嘴裡輕吐的氣息就像雪山頂未融將融的積雪，一個大地的呼吸就蒸發成了稀薄的白霧。

我們不過就認識這兩天，你憑什麼說出這樣的話？值得被看見是萍水相逢的人可以輕率下的注解嗎？我心裡抗拒著，但身體無法；嘴巴反駁著，但眼淚無法。

星空下，一切驟然沉默。Eric 的眼睛埋在夜空中，也成了兩顆明亮的星星，然後，他們如流星般朝著我快速墜落，我的眼前一片黑暗。

路的中途，我什麼都看不見，但美好依舊發生了。

七月中旬，西安

第三天，持續以雙腳探索這個中國歷史上重要的十三朝古都。七月，進入大假期間，我的旅程逐漸感受到人潮的壓迫，青年旅館連預訂都不行，得當日打電話或直接前去碰運氣，城市各大景點如秦陵、兵馬俑、華清池、陝西歷史博物館等地皆形成排隊長龍，排隊時間可能比參觀時間都還要久。

我從同樣擁擠的回民一條街竄出時，天空已經飄起小雨。雨明顯沒有打亂小吃街的擁擠畫面，彷彿只有我一個人逃出來。轉至鐘樓，雨勢突然變大，我拿起背包裡的傘，決定往小巷子裡鑽，既然決定要上街表演，無論如何就必須完成。

閒逸的雲南過後，旅程進入後半段，流浪的品質也產生了細微變化。初期的放空、晃蕩、被動接收，在進入西安後轉化成一種對默劇出走的清晰思維——庶民文化與草根性，身體表達開始融進了我的肢體默劇系統裡，衍生出新的表演語彙。身體呈現前所未有的開放與吸收，成為一種有思想的中介，環境中的人、事、物，透過我的身體有了新的折射。

穿過西安的鐘樓，往北走，傘下的世界很寧靜。我想起登虎跳峽時老戴說的看腳下，就這樣一步一步，踏著人行道上泛起的無數小漣漪，如同靜心般，不知不覺走過了西安車站那座城牆，來到城市的北區。持續行走，雨勢漸小，我在街角的一處看板上發現「大明宮國家遺址公園」指示字樣。出於好奇，走了一個多小時，最後在不確定地穿越過幾處荒廢的舊房舍及挾帶著垃圾的黃色土堆後，幾隻等身的仿唐三彩駱駝雕像出現眼前，嶄新的彩色駱駝商隊明顯與周遭荒廢景觀格格不入。向駱駝商隊後方望去，幾近平坦只有工地機具及成排新植的行道樹點綴的地景，揭示了唐朝大明宮遺址的所在。

廢墟內的演出

遺址明顯還在整理階段，尚未對外開放，也見不到入口甚至藩籬，我莫名其妙地就進入了

初期的放空、晃蕩、被動接收，在旅程的後半段轉化成對默劇出走的清晰思維，衍生出新的表演語彙，身體呈現前所未有的開放與吸收。

所謂的園區。偌大的園區內，幾棟原地仿古新建的宮殿已經落成，其他多數的建築則還在工事階段。兩三處大型積水的紅土方坑內，除了倒塌的大明宮廣告看板外，淤泥中若隱若現老舊的木樁及明顯不同色調的石階，不知是否為一千三百多年前唐朝大明宮的原本結構。出土的結構，風吹雨淋，只有荒涼可以形容。也許是停工的關係，園區內只見到零星的工人在臨時搭起的組合屋外走動。

我在寫著含元殿遺址的石碑旁發現一張直立的單薄告示。破了洞的告示板上有張放大的黑白照片，拍攝於二〇〇七年，照片還原了遺址公園還沒被開發前的聚落樣貌。當時，含元殿石碑更為老舊，石碑旁端坐著一位雙手撐著拐杖的老婆婆，她的身後則是注解為居民棚戶區的磚石房舍。如今，除了修整過的石碑外，棚戶區當然已全數消失，置換成一片想必日後能吸引大批遊客前來的綠草皮及模擬重建的石灰色宮殿遺址。

我在園區內其他類似的照片注解中，試圖拼湊著遺址還沒有規劃成重點觀光項目前的原本樣貌，疑惑著照片中這些居民與他們的生活究竟遭到了多大的變化，村里的人又被挪移至何處安憩呢？四年後，那張照片中的老婆婆是否依然健在？撐著傘踱步王朝，我甚至懷疑照片裡的一切，包括人，其實只是被埋在新的遺址面貌之下。

環顧四方，整個空曠的場域只剩下我一個人。不知是雨還是自己方才的想像帶來的寒意，我開始連續打起冷顫。正當決定往回走時，眼角餘光偏偏瞥見不遠處幾棟看似半毀的房屋中有人影穿過。

害怕抵不過好奇，我於是偏離園區大道，快步越過那片尚未整理的泥濘紅土，想要追上前去搞清楚人影的由來與去向。結果，我在連續幾間傾頹的石磚水泥屋舍及阻塞的巨大土丘中發現了一條人走出來的通道，只是通道必須穿進毀壞的房子內部，跳過窗子，再爬過另一座建築廢料堆起的土丘，才能繼續。我只有收了傘，手腳並用，越爬卻越起勁，興奮地想像在通道的盡頭也許有一座避世的桃花源。

抵達通道的盡頭前還要穿過一棟只剩一半的兩層樓房屋的二樓隔牆，爬過隔牆上的洞口，再從一個被刻意置放的竹梯爬下來繞道房屋正面，「復行數十步，豁然開朗」，通道連接上的是一個平民生活的小區。只是，小區地面泥濘，許多屋舍外牆印著黑色或紅色的「拆」或「驗」字，面目頹然，實在令人開朗不起來。我理解了，這座桃花源只是正在「被整理中」的觀光區外圍地段：還留有「家和萬事興」門聯的剖面樓房、殘留腐敗的家具、瓦礫廢土，小區內尚有數十戶未遷走的人家似乎勉力地維持著原有的生活——菜販的叫賣聲、閃躲著路面水窪的電動機車、牆上的孩童塗鴉，我在一間貨架上只剩零星商品的店家買水，老闆娘從黯淡的冰箱裡拿出一瓶微溫的農夫山泉……

往小區更深處走，有的建築還保有空殼，有的則被打回一座座建築原料，而錯落其中的，則是那幾十戶分散還未搬遷的住家。這個彷若與世隔絕的小世界不知存在了多久？那幾十戶的家庭似乎在抵抗著什麼。雨勢暫緩，我決定在這做一場演出，希望演出可以開啟對話的可能。

選定一處乾燥的空地開始上妝後，一名路過的大叔好奇地靠近觀望，我畫著妝也不忘釋出善意與他打招呼。大叔沒有回應，也沒久留，轉身返回原路。幾分鐘後，他又出現在我面前，只是身旁多了兩個小孩。孩子嘴裡嘀咕著，終於年紀較大的姊姊趨步向前，朝我丟了句：「你是什麼？」

「妳說我像什麼？」

「我不知道，」綁著馬尾的小女孩突然嬌羞起來，「是唱戲的嗎？」

「是白天的鬼啦！」女孩身後的弟弟突然這樣大喊著。喊完，又躲回父親的手掌裡。

「是川劇變臉嗎？」女孩不放棄地繼續猜測著。

驚訝著女孩年紀小小卻所擁有的文化知識，我不顧臉上未完的妝，將兩隻手擺在面前，隨著雙手開闔，用表情變化試圖做出川劇變臉的效果。此舉明顯逗樂了兩個孩子。就在這時，一對男人從我身旁緊閉也同樣被上了「拆」字的大門內走出。見了我的模樣，男人們嘴角露出笑容，停在門檻上靜靜觀看。我拿起畫筆繼續將默劇妝完成。妝容完成後，快速暖身，我接著從地上撿起一段開了幾個旁岔的枯枝，就在五個觀眾的面前展開了表演。演出內容很簡單：還原一棵樹，由枯萎到繁盛再到樹苗。兩個孩子因為看懂了演出驕傲地向父親講解著，那對門檻上的男人則趁空從門內搬出了兩把板凳坐了下來。幾個零散的住戶像是蟲子般不知從哪爬出來，

在西安一處幾乎被弭平、滿地的磚石全是被打掉的房舍裡，在斷垣殘壁中，我小心翼翼地移動身軀，演出試圖拼湊起一個家庭的日常生活。

當我拋開枯枝進行下一段表演時，身旁已經圍繞著十幾名觀眾。

後段互動的演出在清脆的掌聲與笑聲中結束，不知是不是周圍的荒涼感形成反差，這也許是出走到現在最響亮的掌聲了。掌聲之後，坐在門口板凳上的其中一個男人開口，算是代替大家說出對我的疑問：「您演戲應該要到人多的地方去，怎麼會到我們這兒來？」我大致講解了默劇出走的旅程，然後開玩笑地對還在觀望的居民們說：「不小心發現了你們的祕密通道，誤打誤撞就這樣進來了。」

門口的男人原來是對兄弟，剛剛發言的哥哥一聽我從台灣來，便搶著說：「台灣那裡自由啊！你們人民上街頭抗議就有機會爭取到該有的東西，政府會讓步，不像我們……」他突然語塞，但想說的東西卻已經很明白了。**其實，台灣也不是你們想的那麼——**我把原本幾乎出口的回應吞回肚裡，此時，也許當個傾聽者吧。如同其他不願搬遷的居民一樣，兄弟倆守著這個三代的老家，不願意接受當地政府低廉的補償措施，只好繼續以自己的方式抗爭著。四年的過程中，家中老父因為過度氣憤引起中風，最後病逝在醫院，座落在周遭漫土荒屋之中的這個家只剩下兄弟倆如柱子般撐持著，儘管它搖搖欲墜。

「台灣兄弟啊，可不可以再為我們兄弟倆表演一段？我們很久沒這麼笑了。」

儘管沒有預料到一場對話會牽引出這麼沉重的社會寫實，看著衣著樸素的兩兄弟臉上勉強出的笑容，「樂意之至啊，大哥。」我起身，拍拍屁股上的灰塵，給兩兄弟一個振奮的回應。

兄弟倆提議有個更「戲劇化」的場景，我跟著他們轉過幾個事實上已經模糊不清的街角後，一處驚人的場域出現在我面前。那是個幾乎被弭平的住宅小區，除了旁邊幾棟結構依舊可見的房子外，滿地的磚石全是被打掉的房舍，像是碎裂的拼圖，每一塊都很相像，卻怎麼也拼不回舊有的畫面。我冒險爬上其中一棟應該是三層樓的房子，開始在斷垣殘壁中小心翼翼地移動身軀，避免從樓層中的破洞或是從建築斷面憑空摔下。演出試圖拼湊起一個家庭的日常生活：早起刷牙、洗臉、吃早餐、看報紙、逗弄小狗、煮飯、聊天、吵架……觀眾——兩名。

在滿目瘡痍的場景中還原家庭生活的畫面是多麼荒唐的事，環境的危險性讓每個看似輕鬆簡單的動作極度受限，我於是想起了眼下這對兄弟的處境不也如此？

演出在我對著空中做了一個開門的假動作後示意結束，鞠躬，觀眾席傳來掌聲，兩人的掌聲。

「謝謝你。」哥哥緊握著我的雙手道謝，他的眼中有淚。一直未發言的弟弟依然沒開口，但我看得出他的情緒激動不亞於哥哥。

「這樣我們可以有點力量再撐一會兒了。」哥哥望著我繼續訴說，依然未鬆開我的手。

「加油！希望可以再見到你們。」

我知道自己最後這句視同空話，但此時，望著站立在磚瓦堆上的兩兄弟，單薄的衣裳，疲倦的臉孔，眼角的淚水，我實在說不出更多實際的祝福了。

關於愛情

西安最後一夜，會了李巾一面。返回工作崗位的李巾，在西安自己開設的酒吧吧檯後一臉倦容，顯然還沒從旅行狀態調整回來。「喝點什麼啊，台灣大哥？」我要了瓶雪花啤酒，剛好店裡來了客人，李巾轉身忙去。

虎跳峽之後，眾人各奔前程，我只留下了李巾的聯繫方式。李巾走回吧檯調著客人點的酒，淡藍色的調酒和我腦海中的印象交疊呼喚出虎跳峽天空的顏色。

「你們後來呢？」李巾將調酒送出後又轉回吧檯，我還是開口問了她和大李的事。她為自己打開一瓶啤酒，直接對口喝了起來：「我聽你的意見，跟他說清楚了。」

「哇！妳表白了。那他的回應？」

「他說，我不能為我的未來做決定……」

男人拒絕了她，以一句我們都抓不到意思的回應。也許是託辭，也許有哲思，但最後都無妨，事情有個了結。昏暗的光線下，李巾的臉回復到剛認識時有的洗練銳利，「也就這樣了。」她聳聳肩說。關於愛情的話題結束在此。

告別李巾，離開酒吧一條街往鼓樓的旅館方向去，已近午夜。人行道上有個女孩正對著手機歇斯底里地咆哮著。手機淺淺的藍光映在女孩白皙細緻的臉孔和紅唇上，只是從紅唇翻倒出

（上）雲南—香格里拉古鎮，我與李巾。（下）在內蒙古—呼和浩特。畫上白臉，走進人群，我習慣先靜默不動地觀察，也讓自己被觀察，彷彿是種入門禮節。

的卻是連串的咒罵與指責。

「這些話，你去對你下任的女朋友講吧。」女孩這句話，替入夜活動漸歇的馬路打上一記驚嘆號。我回過頭，她已放下電話，往反方向走去。另一個愛情的話題也在今晚結束。

七月下旬，內蒙古—呼和浩特

Johnny要我雙腳小腿緊緊扣住馬身，屁股放鬆，隨著行進間的馬身上下震動，不要抗拒。Johnny自己騎了一匹馬，手中牽著繫住我的馬的韁繩，在這希拉穆仁大草原，名字聽起來很像Johnny的蒙古族年輕人正教導著我如何騎馬ABC。事實上，觀光區的騎馬體驗實在不需要什麼技巧，反正馬有人牽著踱步緩行，半小時團進團出，等於只是代步的（馬力不足的）園區觀光車。七月，希拉穆仁大草原上的牧草並沒有想像中的翠綠茂密，反倒露出一塊塊光禿禿的黃土地。剛剛喝了幾杯蒙古族的歡迎白酒，醺陶陶的，坐在體型矮小的蒙古馬上，我想像自己也擁有這馬上民族的瀟灑英姿，想像成群將士胡服騎射，即使馬根本沒跑起來，而我前面的兩位大嬸在各自的馬上嘻笑說著「小便都快被震出來了」之類的閒話。

領著我走在隊伍最後面的Johnny二十歲都不到，日晒出的黝黑皮膚遮掩不住青澀，會被安排在最後也因為他是新手。剛開始，新手Johnny的確嚇壞了我，我才剛戰戰兢兢地爬上馬背，馬就突然失控，猛力甩頭一轉，轡繩便脫離了Johnny的手，他愣住，我則嚇得連聲音都叫不出來。幸好Johnny及時穩住場面，拉回轡繩，然後給了我一個青春無敵的微笑。

無奈，我的這匹馬狀況連連，Johnny的微笑支付不及，大隊行走時，馬兒不是罷工停在路邊，就是試圖掙脫轡繩，忙著處理問題的Johnny與他頭上印有RUSH字樣的潮帽形成強烈的諷刺。最後，我們慢慢地被隊伍遺忘，直到四周只剩下空曠的草原和藍天。

「對不起啊，浪費了您的時間。」Johnny將歪斜的帽子擺正。

「喔，沒關係，你慢慢來好了。」

「這樣吧，我多半個小時給您，帶您繼續繞繞。」

「不用麻煩啦。」我緊抓轡繩，雙腿緊扣。

「沒事的。」

Johnny沒聽出我的「不用麻煩啦」的意思，等待馬兒狀態平穩後，便帶著我往另一條路走去。遠離了團體，馬兒自在得多，連帶我也安下心來，終於可以喘口氣，好好欣賞這草原接連的壯闊天地。Johnny明顯也放鬆了，開始哼起蒙古歌曲，伴隨著達達的馬蹄聲及拂面而過的風聲，串起一首天、地、人的草原牧歌。「我們跑起來吧。」Johnny轉頭看著我，青春閃耀。方才的危機全被這美麗的牧歌給沖淡，此時，好像真的必須讓馬跑起來，才能為這首大自然的曲子添上更動人的轉折。我於是點了頭。

Johnny 先是策動了自己的那匹馬緩跑起來，手裡牽著我的這匹也跟著一起，他要我手抓好韁繩，屁股及胯順著馬背上下運動，慢慢找到相合的節奏。在下體被狠狠地撞擊了幾次後，隨著馬兒奔跑的速度加快，我逐漸找到協調，彼此合成一體，剎那間，你以為奔跑的是自己。我突然想起虎跳峽那個攀爬過幾座天梯和陡峭的石頭山路第一個抵達終點的自己，當時，心裡的聲音說著：**有這樣的意志力，往後，沒有你挑戰不過的東西了。**一路旅程至今，經過重重挑戰：人群的恐懼、環境的適應、孤獨與親密，我覺得有部分的自己，那凋枯卻不捨離棄的，過剩卻黏膩的，一一從內在某個擁擠的儲存空間裡給推出來——那空間裡有另一個不願意長大的我——隨著旅程的每次咬牙、扼腕、躊躇，鼓起勇氣再前進而剝落。

迎著風，我感受到前所未有的輕快，定神一看，Johnny 早已鬆脫了手上的牽繩，兩匹馬各自跑著，隨著身體在馬背上的震動，我覺得下體裡有顆被層層包裹而無法觸及的，像是甩炮一般的東西被震炸開來，隨即便有股暖流從我下體流淌而出。下意識地扯了右邊韁繩一下，馬竟然緩緩停住，Johnny 回頭，有點不可思議地看著我說：「你是我們蒙古人啊，這麼快就學會騎馬了！」我苦笑，雙手往後撐著大腿，想要搞清楚正從身體流瀉的到底是真實體液還是感覺，如果是感覺，也未免過於逼真。閉上雙眼，那感覺是道黑色的暖流，挾帶著經年累月的髒汙與不堪緩緩流出，而我竟然平靜地感受著一切的發生。在暖流之感消失時，我聽見身體裡有個掉落的聲音，既重且輕。

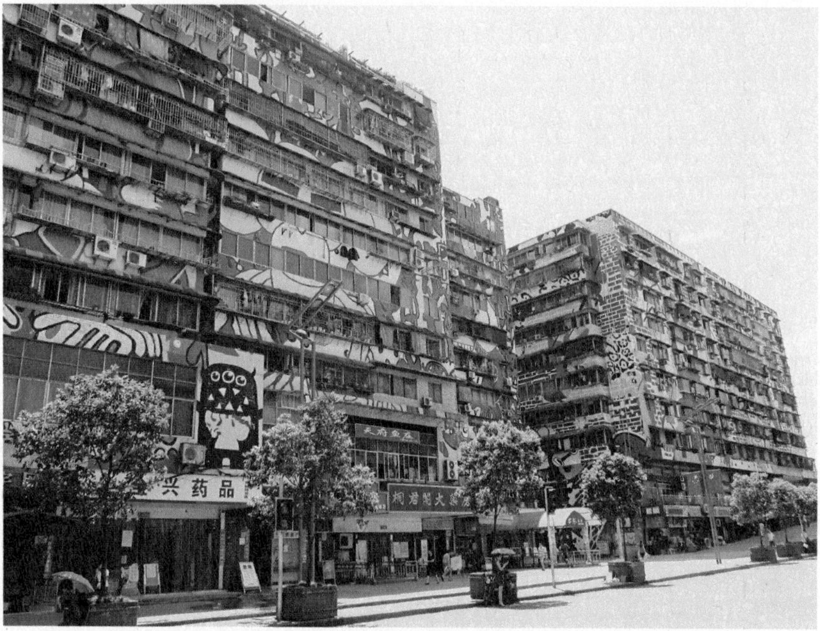

我聽見，身體裡有個掉落的聲音，既重且輕；我感覺，有些事情，正在終結中。

Johnny騎馬回來我身旁時，看著驚坐在馬背上不動的我，但他沒有動作，我的狀態嚇著了他。我試著聚集開始散亂的意識，發現方才從我體內流瀉出的黑潮也掏空了我身體的一大部分，內在的疲倦感頓時湧現，連馬也跟著莫名躁動起來。抬起頭，勉強舉起手向Johnny示意OK，他點點頭沒多過問，踢了一下右側馬腹策動馬兒行走，我學他也踢了一下，馬兒走動，繼續未完的行程。行進中，我感覺，有些事情正在終結中。

終站

在澳門做完最後一場演出，我踏出足跡小劇場，手機突然響起，二姊打來的。

「弟，明天要回來了是嗎？」

「嗯。」

「好，有件事我們這三個月都沒告訴你，怕影響你的心情，但既然明天要回來了，我覺得應該要讓你有點心理準備。」

「嗯。」不知為何，我幾乎可以猜出來是誰出事了，莎莉曾經在電話裡欲言又止。

「媽媽六月的時候被檢查出大腸癌末期，醫生說，樂觀的話，剩六個月，」二姊停頓了一下，「你回來後……」二姊話又吞了回去。

「嗯。」

掛上電話，空望著足跡前的斜坡路，有人往下走，有人往上。我的母親，那個總是想控制我，總是以粗暴的言語對我，在我面前數落哥哥姊姊們的不是，那個我曾默默詛咒她離開的母親要死亡了嗎？

這幾年，我和母親之間的距離，的確退到連共處一室都能令彼此尷尬的地步。母親並沒有放棄要我轉行的勸說；然而，勸說的結果總是從開始的雙方大吵，到後來不歡而散沉默地回到各自的角落。

有了宗教信仰後的母親，在家大部分的時間都待在三樓的佛壇前，她自己安靜的小空間。小學畢業的她，開始在附近的中學讀起夜間部。說是讀書，其實更多的是想讓自己不要閒下來；忙碌，畢竟是她習慣了一輩子的事。十四年前，家中的雜貨店因為抵擋不過連鎖便利商店的競爭而決定關閉後，母親一度還有孫子們可以操煩；後來，我人在巴黎的那段時間，透過長途電話，我們總有她那群孫子們的共同話題可以聊上幾句。只是，當孫子們長大離開，母親又得繼續找尋可以忙碌的活兒。佛龕前的小茶几擺放著好幾本母親藉由抄寫佛經和佛學雜誌來訓練自己寫字認字的筆記本。幾次，我偷偷翻著，不由得敬佩起我這刻苦耐勞的母親，筆畫刻得如此用力，字句幾乎都要穿透紙頁，可能連她的孫子們入學寫功課也沒像她那麼勤勞吧。然而，當我發現自己的名字也被刻劃在筆記的某一頁時——

祈求小兒子尚德：

一、能遠離壞朋友；

二、有個穩定的工作，不要再做表演；

三、能盡快成家。

我只能嫌惡地將那盛滿墨水的重量與錯誤期待的本子放回原處，不，我將它放在更醒目處，試圖讓母親知道，我看過了。（但我會依然故我。）

聽聞母親病訊的當下，我更多的是疑惑，疑惑命運的安排，究竟出於何種邏輯？

從桃園機場出關時，已近深夜，近十五的月亮高掛夜空。悲傷這時候才從心底滲出，最大的難題，總是在回家之後。

母親的微笑

一年的時間裡，母親的模樣從一貫的氣勢凌人，快速消退成孱弱萎縮的姿態，個性強硬的她不顧醫生的勸戒，仍舊喜歡趁著莎莉不在時，自己任意走動。二〇一二年五月，我的「默劇出走—台灣小角落」抵達母親的故鄉南投竹山和秀峰。某天，我打電話回家向母親詢問小時候阿嬤家的三合院以及舅舅的住處，話筒另一端的母親聽起來身體狀況良好，母親說三合院早就

這些老照片記錄了母親年輕時的身影，也留下了母親的笑容。

不在了，但阿舅住的地方在一間很大的廟附近，問人就可以了。母親聲音聽起來很親切。隔天，依照指示，我開著車順著秀峰的山路走，果然找到了那間武聖廟，向鄰里詢問做茶的姓蘇的，附近的阿公馬上向旁邊叉出的小路幾棟平房處指去。

走到連棟平房，再問了其中一戶人家，原來阿舅上台北去了，家裡沒人。我悻悻然離開，在車上連撥幾通電話回家，都沒人接聽，一直到晚上，莎莉才急忙接起話筒：「先生喔，阿嬤摔倒了。中午我去買菜的時候，阿嬤自己去廚房開冰箱，然後往後摔倒了。我回來的時候看到阿公坐在椅子上一直指後面，然後我到廚房一看，嚇死了，阿嬤躺在血裡面，她頭敲到了地上洗衣槽的那個角，流了好多血。剛好外面有人按門鈴，有個說是阿嬤的哥哥來家裡，後來他就幫忙叫救護車……」

我在秀峰沒有找到的阿舅，竟然這麼巧合地跑來台北，他原本想要探訪久未見面的妹妹，卻剛好及時救了她。然而，當莎莉掛上電話後，我腦海中浮現的是躺臥血泊中母親的臉，她當時在想什麼？感到無助嗎？她知道自己離死亡不遠嗎？

這次意外後，母親的身體每況愈下。整個夏天，她已經無法自主行動，除了定期的化療，多半時間就躺在一樓的沙發上。莎莉必須照顧行動不便的父親，於是夜晚，大姊和我就睡在一樓客廳地板，就近照顧母親。節儉成性的母親從來不喜歡我們開冷氣，我們曾笑稱家中冷氣只是裝飾，如今整個夏天開著，母親似乎已無暇他顧。病痛之中的母親始終皺著眉頭，我常常只是坐在她身旁，不知如何開口，其實是不知道該說些什麼。攙扶著她上廁所，母親還顧忌著身體的禁忌，總要我在門外等，直到最後，她連如廁也無法自理，包上了成人紙尿布。然而，那段日子，是我與母親最親近的時候。

九月二十九日，我應 TEDxTaipei 年會之邀，在華山做了一場十八分鐘的演講，與會講者中有當時雲門流浪者計畫的口試評審蔣勳老師以及我十分尊敬的心靈講師賴佩霞，能與他們兩位同時受邀為講者，我備感榮幸卻也戰戰兢兢。十八分鐘的演講獲得了台下的掌聲和許多人當面的鼓勵；會後，坐在華山外的階梯上，佩霞姐經過，對我比了個讚並給了我一個溫暖的擁抱，我知道自己堅持的事情漸漸有了迴響。

三十日，在板橋亞東醫院的病床旁，我站立良久，母親睡著，我想跟她分享昨天演講後的喜悅。等著母親終於緩緩睜開眼，我卻發現要跟母親開口講話竟是如此困難，連叫一聲「媽」都需要在心裡不斷鼓勵自己提起勇氣。

「媽，」那聲「媽」喊得很薄弱，「我昨天演講很成功。」

母親睜開嘴似乎想說什麼。我貼近她的身體，卻只聽見母親的氣息。

「很多人給我鼓勵。」我強忍住鼻酸，這句話從我乾澀的喉嚨輕輕吐出。母親再次試圖張開嘴唇，然後，我聽見她說：「很好。很好。」

伴隨著這兩個簡短重複的字詞，母親給了我一個笑容，然後又沉入睡眠之中。

這個笑容，是母親送給我最後的禮物。三天後，凌晨兩點多，我突然從睡眠中甦醒過來，裹著棉被，眼睛瞪著天花板，家中電話聲突然響起，劃破了寂靜的夜。母親病逝醫院。

母親的笑，成了我默劇出走最大的動力。那個笑，是我和母親失落了幾十年的東西，在我們劍拔弩張的關係裡，在面對各自的痛苦與孤獨時都失去了的本能。隨著默劇出走在台灣各地駐點演出，每每看見因為我的表演而在觀眾之中觸發而生的笑容，在其中，我都可以看見母親最後的笑容。笑容，只是嘴角上揚這麼一個簡單的動作，可是它被我們埋在多深厚的自我防禦圍牆裡，我們常常都忘了，笑容，其實是最有力量的語言。

（蒙冠元 攝影）

第五章／再見野孩子

孩子是生命對自身渴求的兒女。

……

你們可以庇護他們的身體，但不是他們的靈魂。

因為他們的靈魂棲息於明日之屋，

那是你們在夢中也無法造訪的地方。

——紀伯倫・《先知》

那一刻，我看見了十二歲的自己，
我們各自走了多麼漫長的一段路，終於來到彼此的面前，
臉頰上有淚水，身體滿是傷痕，
不斷失去也不斷獲得生命寶貴的東西，
我們相見，終於，互相擁抱，
然後，在轉身離開前，
給了對方最深刻也最巨大的祝福——
原諒。

來自善平的清明節祝福

姚老師，您好，我是善平。

希望您早一點回來。我非常非常想您。我有您的一張相片，我寂寞或者不高興的時候，會把您的照片拿出來看，或者做一做摸玻璃、拉繩子的默劇動作，我就高興了。我一生最難忘的是您。每當我做起這些動作時，好像您在我身邊一樣鼓勵我，看著我。

祝您

清明節 快樂

開開心心 笑口常開。

二〇一三・四月

從台灣志工冠婷手中拿到廣西的善平轉交的信，品質不太好的信紙被善平的筆尖踢出許多坑洞。孩子的話語讓我又哭又笑，善平所謂的「一生」指的就是他十四、五歲的年紀吧，而最後的「清明節快樂」，更是突兀地令人發噱。

看信中筆墨滯頓的痕跡，可以想見這孩子下筆時多麼地費心與謹慎。家園裡一百多個孩子，習慣了感謝信、歡迎卡等等的制式文字，在師資不足的情況下，側重群體約束及一致性，孩子的個人意見通常容易被隱沒。

從二〇一二年八月到龍萬愛心家園至今已過半年，半年來，每次和善平、桂山以及其他孩子們講電話時，我總喜歡問他們：「你的感覺呢？」「為什麼？」「這是你自己的意見嗎？」孩子突然間面臨到的是從群體之中必須獨立出來以一對一的方式與我對話，電話那端因此經常性地出現短暫空白，不然就是「我不懂」或是傻笑的回應。善平是「我不懂」之王，桂山則專精傻笑。所以，重複閱讀這封短信時，我內心泛起了感動。

善平母親早逝，留下四名子女，善平排行第二，一家重擔因此落在善平的父親身上。大山裡生活條件不好，父親只能靠打雜工賺取基本生活所需。被送來愛心家園的善平個性孤僻，獨來獨往，在重視集體行動及秩序的家園生活中顯得格格不入。老師們曾提醒我善平潛在的劣根性及他對各種事務的漫不經心，但我對這個孩子卻莫名地感到親近，因為他有我青少年時的影子，我似乎能一眼看透他的舉動及思維。

「姚老師，您上次不是要我編一個故事嘛，我編得差不多了。您要聽聽看嗎？」善平在某次通話裡講述著一個肚子餓的囚犯在牢房牆角發現一顆豆子，吃了豆子之後開始神遊宇宙，見到了巨人、美食及很多奇妙生物的故事。

長途電話費不便宜，我一邊聽著善平努力在口語中建構這個綜合了《愛麗絲夢遊仙境》以及《魔豆》，也許還加上了卓別林《摩登時代》的默劇版故事，一邊看著時鐘，這幾個月來電話費有點爆量，我得克制一點。故事在典獄長進來打破囚犯的美夢處中止，善平說：「我還在想典獄長到底要不要出現，還是那個囚犯就逃出去了。」

原本時機剛好可以搶回發言權，早早結束通話，但我還是不免提出疑問：「那他到底是做夢還是真的透過那顆豆子實際到了奇幻的地方？」「是嘛！我不懂。」善平的回應，讓電話費又繼續增加了十幾分鐘，我們圍繞在夢與現實的差異以及在默劇裡可以表現的手法開始討論。

抽象的概念對這群大山裡的孩子而言是陌生的，夢想、單調、豐富，甚至連挫折在他們的認知裡都是極其薄弱或甚至不存在。對這群孤兒、單親或留守兒童來說，生活就是如此，至親過世、消失或遠在他鄉，獨留他們在這個家園，一切，都只是生活，甚至連命運（認命、逆來順受）的概念都沒有。他們已經在這樣的狀態裡生存了比我所能想像得還久。

如此細想，善平的「一生」的確超越我們從他十四、五歲的年齡所能擁有的一般認知。我不喜歡在電話裡詢問他們的過去，但有次善平也許是說漏嘴地提及他父親從山上進城賣血換錢。正想追問，善平便趕緊改口說沒事，絕口不再提起。在貧困的邊城裡，愛滋病和性病流行的情況是可想而知的，大化地方政府宣導賣力，在鎮上或鄉野常常見得到宣導字樣及活動。然而，不爭的事實是，大山裡窮困的居民走投無路時，捐血成了最快速簡便的賺錢方式，而一些非官方的地下捐血站，衛生條件及安全性就成了令人堪憂的問題。善平突然縮口，也許是覺得不光采，也許怕替父親惹麻煩。

提及為默劇演出編寫的短篇故事時，善平的聲音聽起來自信得多，面對我針對幾個點提出的問題和可以發展的方向，他開始有了自己的想法和堅持。在老師們眼中固執不堪的孩子倒是在此時將這個特質發揮得相當具有說服力。善平對於編寫想像力——無論文字或肢體——的熱情慢慢地展開。

志工冠婷曾向我說，自去年我教了孩子們默劇後，善平持續演練的情況，有時他躲在家園角落重複著默劇練習，有時他會在家園其他孩子面前表現。有次，他跑進廚房大聲地對冠婷說：

「我最愛默劇了。」

冠婷轉述時，我嘴上笑這傻孩子因為還沒接觸過其他東西，但又替他那聲自我宣言感到欣慰，在這麼多孩子之中，他開始了自我尋找的道路。

把清明節祝賀短信再次閱讀一遍，我拿起電話往海峽另一邊打去。果真，要找到善平來接電話，通常都得聽見話筒那端好幾聲的呼嘯，靜默等待，他才會從家園某個角落被找到，然後跑來接電話。

「姚老師嘛！你今天有表演嗎？」

「嗯？為什麼？」

「沒啊，就問問嘛。那你前幾天有表演嗎？」

「嗯？為什麼？」

「清明節沒有表演是嘛？」

「嗯？清明節為何要表演？」

「喔。那你清明節快樂嗎？」

好考驗人ＥＱ的平式思考，我向話筒嘆了一口氣：「唉，蒙善平先生，我可以先問你，你知道清明節是幹嘛的嗎？」

「知道啊，就死人的節嘛！」

「呃，那清明節快樂，你不會覺得怪怪的嗎？」其實，讀著善平那封短信，我無可避免地想起了母親。幾天前，和家人到母親的靈骨塔位祭拜上香時，我極度克制自己的情緒。

「死的人快樂，活著的人不是更要快樂嘛。」電話那頭善平的聲音傳來，斬釘截鐵，理所當然。我無以反駁。是啊，孩子說得沒錯，這麼簡單的道理，怎麼我還不能領悟呢？

「喂？姚老師你還在嘛？喂？」

「在。善平，你剛剛說得很好。活著的人更要快樂。你說得很好……」我稍微整頓思緒：「平啊，你上次的故事寫得怎麼樣了？」

「姚老師啊，你還會來嘛？」

「嗯？先回答我，你上次的故事寫得怎麼樣了？」

「喔，故事嘛？一般。」

「一般的意思是沒繼續寫？沒有想法？還是覺得寫不好？」

「你還會來我們這裡嘛，姚老師？」

雖然鬼打牆，但我開始習慣了平式邏輯：「你希望我去嗎？」我說。

「來嘛！來了你也不會損失什麼，我還可以學默劇。」

哪來的一堆鬼話！

桂山的信任

暑假，大大小小志工團隊及公益組織進駐愛心家園，替孩子們帶來物資及暑期活動。四月，在收到善平的清明賀卡，並分別和他及桂山通過電話後，我便決定再度前往龍萬，這次打算待上一個月，希望可以藉由默劇表演教學替家園孩子帶來不一樣的刺激。

六月二十日，飛機抵達廣西南寧，再轉搭兩小時客運，待左右兩側山坡上錯落的桉樹群開始映入眼簾時，大化鎮便在前方。桉樹是大化瑤族自治縣的經濟農作，是提供造紙及煉油的重要原料，其生長週期短，平均五、六年便可以砍伐；然而桉樹和台灣檳榔樹一樣根鬚不夠深長，抓地力不足，無法涵容土壤水分及養分，也無法與其他植物共存，因此，不但容易讓土地貧瘠，

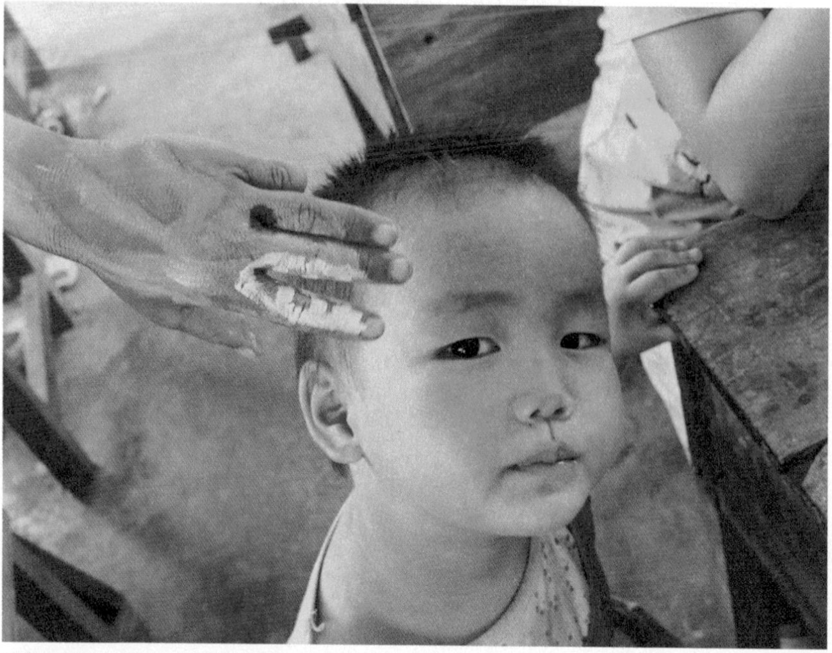

夢想、單調、豐富，甚至連挫折，對這群大山裡的孩子而言，都是極其薄弱或甚至不存在。一切，都只是生活。

對水土保持也形成很大的危害。但經濟產值當前，環境保護永遠是被犧牲的那一環。

抵達大化鎮上，入住與去年相同的賓館，放下行李簡單梳洗，我便急著搭上最近一班公交車往孩子們新就讀的龍馬小學前進。去年年底，身為公辦教育支點的龍萬愛心家園突然被撤銷這項資格；政策改變，讓原本可以直接在家園內正規就讀至小學四年級的孩子們被匆促地安排至附近二十分鐘腳程的小學就讀。與校長打了招呼並說明來意後，我坐在簡陋的辦公室內開始上妝，想著一年未見的孩子們不知道等會下課再見到這張白臉時會有什麼反應。一年前，我畫了白臉披掛著深藍色長布在家園附近的礦山頂上給了他們初次見面的驚喜（嚇），桂山說：「哇，本來以為只是一塊布呢，沒想到竟然動了起來，嚇死人囉，我還以為是那個什麼佛地魔的。」

手搖的下課鈴聲響起，我才正要往辦公室外移動，就被幾名早已聽聞風聲前來觀望的低年級同學團堵住。很快地，校園泛起一波波尖叫嘻笑，我的四周頓時擠滿了好奇的孩子們。我試圖從幾乎全校出動的學生中辨識出龍萬的孩子，秀萍、姍姍、天德、天明、豔妮、善平……善平的興奮之情完全寫在臉上，摩拳擦掌地想要跳進表演場，向我展示這一年來他鍛鍊的身手。只是，我的目光卻轉移到人群之外一個臉上堆著尷尬笑容觀望著一切的男孩。

男孩與我不小心對到眼，連忙閃躲，轉身便逃入籃球場上打球的同學們隊伍中。那個老愛用怪腔怪調喊著「任何情況下，髮型最重要」的桂山，前兩週才通過電話，為何變得如此陌生而且反應古怪？莫非一年前對他說的謊言他仍耿耿於懷？當時，我在家園的默劇課程結束必須先行返回台灣，不願意和孩子們說再見以免引起不必要的情緒紛擾，怎知聽到消息的桂山突然衝至門口緊緊抱著不讓我走，倉皇之下，我欺騙他說「明天會再回來」，然後將他環抱著我的雙手幾乎扯開。

如今回想，那時的舉動對一個十三歲的孩子而言未免太過殘忍。回台隔天，我馬上打了電話回廣西，充滿愧疚地希望與桂山說聲抱歉。家園負責人班老師幫我叫了桂山，電話那端，孩子只怯生生地說了聲姚老師好之後便不再言語。我趕緊對他說抱歉，也說了當時自己的恐懼，見桂山沒有回應，我將話題轉往其他地方，怎知孩子只是有一搭沒一搭地答著，有時甚至落入長久的沉默。

「那……桂山啊，你把電話交給班老師好了。」別無他法，我只好沮喪地結束與桂山的對話。孩子迅速地消失在電話那端。

「班老師嗎？欸，桂山是不是還在生氣啊？他不太理我。」

「咦？會嗎？姚老師，您剛剛沒聽出來嗎？桂山從接過電話就開始在哭，他可能還怕您聽到，所以一直把頭離開話筒偷偷擦眼淚。」

我的心一沉，自己的粗魯行事竟然引起孩子這麼大的情緒反動。

這年裡，大約每個月我都會給孩子們打上一兩次電話，過程中，桂山慢慢地敞開心胸，開始在電話裡跟我聊些家園以及學校發生的事，包括我的表演工作也讓他很感興趣。好不容易建立起的對話管道，不知為何現在真正見到了面，他似乎又把它切斷。

上課鈴聲響，表演結束，孩子們紛紛被校長催促著回教室。我一個人在辦公室卸了妝，等著最後一堂課結束便可以陪孩子們回家園。中低年級的孩子們剛轉來小學就讀，很快便適應了新的團體生活，倒是像桂山、善平幾個五年級的孩子，由於早已習慣家園的生活模式，每逢中午休息，不管需要二十幾分鐘的路程，還是堅持回家園吃飯，然後和學前班的弟弟妹妹哈啦打鬧一下，女孩子們則乖巧地幫班老師處理些家園瑣事，大家再一起走路回學校接上下午的課。

電話中，班老師常和我提到這些孩子的懂事及乖巧（也許除了善平以外），事實上，家園的孩子真是如此。大化鎮上有個麵攤老闆娘，總是稱讚這群吃完麵會幫忙收拾餐具、桌面而且行禮如儀的龍萬孩子。

放學鈴聲終於響起，揭開了暑假的到來。孩子們全都聚集到校門口由高年級同學帶領排隊一起回家園。才剛離開，幾個活潑的孩子很快地就打散了隊伍走到我身邊來問候閒聊。不知道是不是營養不夠均衡還是瑤族本身基因所致，家園的孩子們一年未見，在外型及身高上似乎沒有什麼改變。我轉頭望向獨自走在最後還是一臉尷尬彆扭的桂山，瘦弱身材依舊，他最在意的頭髮也依然枯黃。孩子們抄近路，推開了一處樹叢，相繼爬上了水田邊的小道上，小道有時上坡，有時泥濘，只見這群孩子個個身手矯捷，談笑風生，還哼著最愛的小虎隊的〈紅蜻蜓〉。家園公認最懂事的男孩冠元處處提醒著我要小心，帥氣的臉龐有著別人沒有的自信與責任感。五年級的冠元是家園的水電工，簡單的房子修繕工作他全都包辦。聰明靈巧的姍姍走在我前方，長長的馬尾甩啊甩，比她粉紅色書包上迪士尼公主的金色捲髮還要美麗動人。我刻意慢下腳步等著桂山追上。

「桂山啊，你還認得我是誰嗎？」

他只是癟嘴笑著。

「沒想到我們幾天前才通過電話，你就忘了我。我是蘇有朋啊！『我們都已經長大，好多

手搖的下課鈴聲響起，龍萬愛心家園的孩子們在操場上打球、嬉戲，享受屬於孩子們的歡愉。（上：蒙善平 攝影）

夢正在飛，就像童年看到的紅色的蜻蜓……』」我從方才孩子們的歌聲中，臨時抓了幾句也不知道對錯的歌詞，搭配手勢唱了起來。

「姚老師，真搞笑去。」桂山側過頭笑著，還是不敢直接面對我，但去年那個熟悉的孩子身影及說話方式漸漸回來了。

「那你說，剛在學校，為何不理我啊？」

「沒有。」

看出他些許的困窘，我沒有繼續追問：「我要在這待一個月，這個月我們來幹些什麼有趣的事吧！」我接著把離開的確切日期刻意說了出來，也許，讓彼此這次都有個心理準備。

桂山突然低下頭繼續走著，我有點受到打擊地以為那個才剛釋放出來的熟悉身影又要縮了回去，他突然伸出手輕扣住我的右手臂，接著微微抬起頭看著我，「姚老師啊，聽說，嗯～」桂山有點猶豫，「你的媽媽過世了啊？」

夏日的山區田野風光明亮，左邊礦山上的綠樹茂盛，孩子們指著綠色之中一個落陷的黑色洞口說著他們曾經的探險。「那裡面有墳墓……」「還看得到骨頭……」「嚇死了囉，我再也不敢去了……」「聽你們說哩，誰證明那是人的骨頭……」「晚上，你去看，會有鬼火……」孩子們爭相說著各自關於黑色山洞的版本，廣西多礦山，家園的孩子之中有些父母或親戚就在礦災中罹難，山洞裡有墳有骨似乎也是可以想見的。

小路切回進龍萬新村的小坡道，我的手掌搭著桂山的肩，輕薄的肩骨總覺得一捏就會碎裂。「對啊，我的媽媽過世了。」桂山在我的話之後點點頭，家園的門口就在前方，去年我在那裡硬生生地扯開了孩子環抱的臂膀，現在，他抓著我從他肩上垂下的手掌，信任慢慢被撿拾起。

暑期活動

龍萬的暑期幾乎被各地前來的志工團體排滿，尤其一個個的大學生營隊帶來令人應接不暇的活動，假期才開始，哨子聲、團體競賽加油聲、管教聲充斥在家園裡，孩子們比平常上課時還要忙碌。我決定只向班老師要求兩堂課的時間，用投影片向孩子們介紹當代藝術裡的繪畫、舞蹈及戲劇，而默劇課則開放給願意參加的孩子，以創作兩個默劇小品做為目標。我把帶去的兩台相機丟給喜歡攝影的冠元、善平或其他孩子讓他們自行運用，一方面教導保管物件的責任感，一方面我也好奇從他們的眼睛裡，怎麼觀看這個再熟悉也不過，甚至唯一的生活場域。

大部分時間裡，我就在家園裡晃著，幫忙學前班的老師照顧小不點們，也帶他們做些肢體律動的小遊戲。才剛被送來幾天的小阿榮，還沒能適應環境，三歲的他難免成為其他孩子們捉弄的對象，一不小心在走廊上屙便，就成為眾矢之的。應該要開口說話的年紀，孩子因為陌生環境的壓力以及緊張，只能期期艾艾地重複著需要費功夫才能理解的字詞。在暑假熱鬧的家園中，小不溜丟的阿榮總是一臉茫然地獨自處在樓梯間、無人的木板床上、教室角落，不然就是操場溜滑梯的陰影之下。戚老師說到阿榮的身世，不意外地，又是類似的故事——父親早死，母親把孩子丟給孩子的叔叔照顧後便消失無蹤。好心收留小阿榮的叔叔也有家庭，怎知老婆因嫌多了個孩子負擔加重，竟然也跑走了。出於無奈，叔叔最後只好將小阿榮送到愛心家園。三歲的孩子，懵懵懂懂，總以為叔叔是爸爸，但其他孩子刻意問他：「阿榮，你媽媽呢？」一天生聲音沙啞的阿榮又會突然口齒清晰地把答案說得清清楚楚：「媽媽跑了。」

我開始關注小阿榮，也鼓勵他若有便意，就要用說的或其他方式讓我或哥哥姊姊們知道。我喜歡在與孩子們玩耍時，藉由遊戲場域的擴大讓他們不自覺地把阿榮也涵蓋在內。原本怕生的小阿榮慢慢地在這個新家庭找到了也許有些低調的笑容。

有時，不在孩子身邊，我就在廚房裡忙著。孩子們飲食向來不均衡，固定的菜色（青菜肥豬肉）鮮少有變化，大碗白飯和刻意加水而成的菜湯能讓孩子們飽足，但攝取到的養分稍嫌單一，許多人的頭髮都像桂山一樣呈現營養不良的枯黃色。清晨，我會到鎮上的市場採買多樣的蔬菜及肉類，再到家園準備午餐或晚餐，要照顧一百多個孩子的胃口不是簡單的事，雖然我的廚藝不精，但巴黎六年獨自生活也算磨出了一點本事，更何況，家園的孩子們習慣了粗簡的飲食，要做出讓他們喜歡及營養的菜色，門檻應該不高。

研讀了幾本兒童營養學的書（台灣家中已經有一櫃兒童教育叢書），幾經思量，姚式食堂

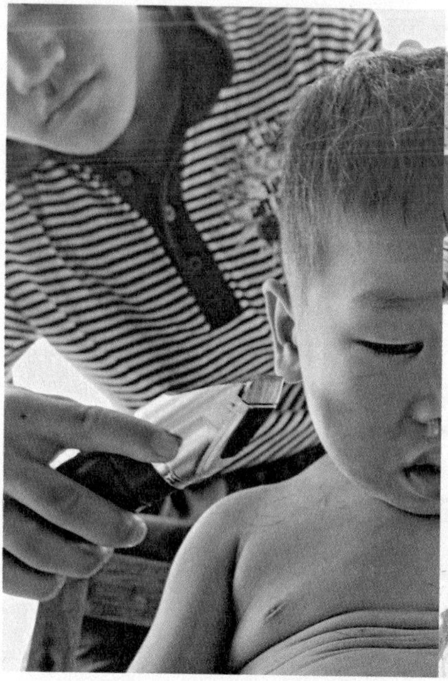

重回家園，大半的時間，我除了幫忙照顧學班前的小不點，也開辦了「姚式食堂」， 希望做出兼具營養又能讓孩子喜歡的飲食。

推出可以偶爾更換的經典菜色如下：

牛豬混和肉丸義大利自製紅醬麵（大化鎮上三間超市裡乏人問津的管麵全被我搜刮一空。）

起司花椰菜（其實就是川燙後的花椰菜撒起司粉。）

法式雜菜燉湯（名過其實，但營養不減。）

日式南瓜雞肉淡薄咖哩飯（買不到咖哩塊只好用咖哩粉、南瓜調色調味，但醬汁總是淡薄如湯。）

山蕉蜜蜂糖煎餅（孩子第一次吃蜂蜜，愛不釋口。）

水果優格

煮飯時，秀萍、姍姍幾個女孩子們會自動前來幫忙準備工作。家園裡生火必須靠撿拾回來的枯枝在大灶裡引火慢慢點燃，炒菜、煮湯則靠灶上那鼎沉重的大鐵鍋，一百多人的伙食就在這鍋裡一日三餐進行著。

色彩鮮豔的餐點得到孩子們的讚賞，六歲的韋老闆常常在快速用完一輪餐之後，又偷偷加入尚未領餐者的隊伍之中。

我說：「韋老闆，你不是剛盛過了嗎？」奸詐的他會指著明明菜渣痕跡清晰的空餐盤說：「沒有啊！你看，哪有？」那你滿嘴油膩又怎麼解釋呢，孩子？

在稍閒的午後，善平、桂山以及對默劇也有興趣、年紀較小的錦德，會來找我一同發想並排練演出的片段。我們決定在我離開前辦個小小的發表會。善平的監獄故事最終還是沒完成，他說，他遇到瓶頸了。

無所謂，我說，我也有一堆故事有頭沒尾，或有尾沒頭，甚至有的只有幾個身體想像的片段。但，記錄下來是有必要的，有天，故事會自己生長，我只對善平這麼說。在肢體上，善平喜歡雕琢線條及展現力道，有受到艾田・德庫默劇系統的影響，表情中性、專注，矮小的身體有潛在並且持續的爆發力。桂山，相對地，完全是即興小丑默劇的風格，他的創意十足，排練過程中常常信手拈來，教室裡隨便一個物件就是他的道具，他把表演當成玩樂，表情豐富，古靈精怪，只是經常不小心就落入開起屎尿、生殖器玩笑的低俗之流。

關於死亡，與桂山的對話

這天，排完男孩們的機器人戲碼之後，桂山突然提議想要理個和我一樣的平頭：「天氣太熱了，頭髮好刺，理了之後表演起來也比較帥。」我特地向家園借了台電動車，騎車載桂山到鎮上的老師傅理髮店剪了個清爽的頭。削去整頭缺乏生氣的頭髮，桂山突然間五官輪廓變得格外清晰，單眼皮下晶亮的眼神與潔白的牙齒（他是孩子中最關心自己牙齒的，吃完東西一定刷牙），讓他出落地更聰明伶俐。我們在鎮上晃蕩了一下便騎車返回。回程的路上，我決定與桂山聊聊不久前母親的逝世。

「姚老師，我都快忘了我爸爸媽媽的長相了。」聽我大致敘述母親從發病到離開，還有我與母親的關係後，在後座環抱著我的桂山突然開口說了這句話。回龍萬的石頭路顛簸難行，我們騎著煞車毀損的電動車，只敢以時速十公里的龜速前進著。除了知道他孤兒的身分外，我發現自己從來沒有細問過有關桂山的家庭背景。

「怎麼說，桂山？」

「我好小的時候，爸爸媽媽就都生病死了。五歲，那時候，天天都要放羊，好辛苦的。姚老師，你看我的手，這個什麼硬硬的皮啊，都是那時候放羊放出來的。」桂山不顧正在努力維持電動車行進間平衡的我，將右手向前伸出，我以雙腳當煞車，在路邊停了下來，低頭望著那隻在我右腋下方朝上攤開骨瘦如柴又滿是硬繭的手。手掌紋路繁雜，應該要是歲月雕刻出來的，只是歲月在這十四歲的孩子身上高度縮時，任何一條掌心的鬚線，都像是三、四十年以上的時間及苦力刻劃出來的。

不回頭看，會以為坐在我身後的是一個村野裡上了年紀的農人。「好多年都這樣過。後來爸爸媽媽死了，我兩個姊姊也離家去外面打工，剩下我和叔叔要照顧爺爺奶奶，後來，我很幸運能夠來家園，如果沒來，哇，我現在一定還在放羊，也不可能念書了，更不會認識這麼可愛的姚老師。」

桂山打開話匣子一股腦地像是吐露沉積已久的心事。他最後一句話帶著俏皮和撒嬌的語氣，原來攤著的右手再次環住了我的腰，身子像在討溫暖似地向我擠近。放開雙腳，啟動油門，我們繼續在石頭路上顛簸。

「所以，你記不得爸爸媽媽的長相了？」我側著頭，放大聲音對著斜後方說著。

「有時候記得清，有時候很模糊。」

「嗯……」我靜默了幾秒，「那姊姊呢？她們現在在哪？會來看你嗎？」

「她們都嫁人了。偶爾，過年的時候，會回來看我。姚老師啊，」桂山改變了語氣，「我還看見哥哥在我面前吐血死掉呢。」

回家園的路上經過幾處砂石場，進出的巨型卡車經過總揚起一片惱人的沙塵。小馬電動車行不到幾分鐘的時間，桂山家裡就死了三個人，「死」這個字成了整段自述裡難以承受之輕。為了躲避一輛砂石車，我們索性在一家雜貨店外停了下來。桂山從自己口袋掏了錢，走進店裡，在鮮紅色的麻辣小魚乾和麻辣豬肉條間猶豫不決。他轉頭詢問我的意見，我只潑了他冷水：「不都同樣是色素和化學辣椒嗎？」

坐在雜貨店外，桂山吃著麻辣小魚，滿嘴紅油，口裡不斷因為辣而發出嘶嘶的聲音。我把礦泉水遞給他。

「所以你剛剛說，哥哥發生什麼事啊？」

「喔，哥哥在我很小的時候就去外面打工，很久都沒回來。」桂山喝了一大口水稍微解辣後，重新拾起故事的線。

「有一天他回來了，可是生很重的病，臉都凹下去囉，皮膚也好黑。剛開始還可以說話，後來就每天坐在家門口望著天空傻笑。然後有一天，他說不舒服，就在我們面前吐血，然後就死了。」

在桂山看不出情緒依附的敘述裡，這又過於戲劇化的情節，乍聽之下實在很難令人相信。他隨後解釋：當時未成年的哥哥在礦場裡打工，被公司欺負關在地下礦場不讓他出來，除了提供三餐和香菸外，連薪水都沒給。哥哥好幾次試圖逃出礦場都被抓回去，每次逃跑換來的就是痛打。最後，因為染了肺病病入膏肓，公司才給他一筆回家的旅費。桂山說完，大大的嘆息從我肩側傳來。「姚老師啊，人好像很容易就死了。你說是嗎？」

十四歲的孩子經歷的死別與生離已經不是我可以想像的，那聲嘆息承載的是他過早的宿命觀與看似堅強實則薄弱的甲殼。「是的，」我一邊整理突然跳掉的思緒，腦海卻浮現母親病榻上那最後的笑容，「桂山，活著的人要努力活著也不是件容易的事。但我們還可以選擇。我覺得，光是能夠選擇，就很值得讓人高興了，不是嗎？」

「嗯。」

我聽不出來桂山的回應是理解還是虛應，只好繼續說：「你看，姚老師母親過世，我可以選擇悲傷，也可以選擇藉由忙碌的工作來忘掉，我可以選擇在悲傷裡有一點點快樂，我也容許快樂之後悲傷再回來。我可以選擇默默承受自己的情緒，也可以像現在一樣與你分享，我可以對山對海說，我可以透過演出的時候肢體表達……」

桂山低著頭，不置可否，但我決定把想說的話現在說完，儘管他可能無法領受：「這麼多選擇可以考慮，但前提是你要看到這些選擇。人的確很容易就死了，但在死之前啊，我們努力地活著，努力地看，努力地選擇或接受挑戰，努力地把自己生命的河道挖掘建構出來，剩下的，水從哪裡來，會帶我們往哪裡去，只能順其自然。」這些話，我其實是在對自己說。

桂山突然抬頭，堆起誇張的笑容與眼角皺紋看著我，我正覺唐突，這孩子果真已經周星馳上身：「耶~姚老師這麼會說話，果真是一表人才！」

「死小孩，這麼美好的氣氛都被你破壞了！」話雖如此，但我其實是了解桂山的，因為他和我相似，習慣用玩笑來掩飾真實情感的表露。「而且，蒙先生，『一表人才』這成語不是這樣用的！」

回到家園的最後一段路，我們哼起歌來，還是那首，飛呀，飛呀，看那紅色蜻蜓飛在那個藍藍天空，牠不斷在尋找牠的夢……歌詞還是不盡正確。

孩子的默劇出走初體驗

與孩子們相處的時間總是飛快，最後一週，我開始準備收尾工作。兩組孩子們的默劇小品演出進入最後排練階段，冠元這幾週下來拍了近千張的照片塞滿我的電腦硬碟空間，我們準備用幾天時間好好篩選，在我離開前，我想幫他辦個小小的攝影展。

這天上午，拿出事先準備的特殊化妝專用的油彩，我讓孩子們共同設計圖案，並在自願的模特兒臉上作畫，孩子們創意的構圖與大膽的用色創造出一幅幅精采的臉譜。意猶未竟，幾個平常對我的表演課沒興趣卻被畫臉的孩子在這時提議，希望可以改畫默劇的熊貓妝。可以啊，但既然要畫，不如我們下午畫完，一起來個默劇出走，走出家園吧。

睡過午覺，麗萍和幾個孩子已經迫不及待地在我周圍繞著。午後天氣陰涼適合活動，我召集了想要參與的孩子，將他們分成表演組和攝影組，預計從家園一路走到鎮上，沿途發想創作。由冠元領軍的攝影組則幫大家做活動紀錄。

畫著白臉的孩子們魚貫走出家園大門時，便開始謹守著默劇不說話的原則，幾個從沒受過訓練的改以比手畫腳、互相嘲弄著彼此的新面孔。

我對孩子說：「人的確很容易就死了，但在死之前，我們努力地活著，努力地看，努力地選擇或接受挑戰，努力地把自己生命的河道挖掘建構出來……」這些話，其實也是在對自己說。

走出家園，是一片山野風景，隨時處在表演狀態的善平馬上就從路邊的玉米田找到靈感，他躲進採收完成還留有青黃枯葉的田裡，將自己演成一株玉米，只是身體奇怪地抽搐與顫抖，後來才有攝影組的小朋友說，那是爆米花。桂山也找到了發揮的場域，他爬上一輛停在路旁的電動車，身手矯健地在那小小的座椅空間上擺弄著各種搞笑的姿勢；三個女孩子則躲進樹蔭之中，莫名地嘻笑著。「看看我在哪裡？」一個稚嫩的聲音從某處傳來，眾人停下動作尋找聲源，才發現隊伍中最小隻的蒙憶躲在田邊乾涸的溝渠中，只露出一顆畫著白臉的頭對大家笑著。原本還想指責他破壞不能說話的規定，但那顆遠看像是突出地面的頭顱在視覺上實在太有效果，尤其當其他男孩也紛紛跳入溝渠中露出一排如白蘿蔔般的頭顱，攝影組快門聲四起，我則笑得合不攏嘴。

大隊人馬繼續行走，孩子們似乎找到了樂趣，自行尋找沿路適當的環境與物件發展哪怕只有幾秒鐘的演出片段。他們於是走入了村里的小雜貨店，隨著笑聲不斷的老闆娘坐在店內四方桌旁，拿起桌上的撲克牌，就開始演起一段即興的戲碼，桂山儼然老千樣，錦德是吃貨，邊打牌邊憑空抓起雞腿、玉米、飲料往嘴裡放，坐在一旁手上被善平塞了兩張牌的老闆娘邊笑邊問，這群娃兒哪來的？

這天下午，我們並沒有真正走到鎮上，但兩個多小時的默劇出走體驗，孩子們對於這個他們再熟悉不過的環境，透過表演與玩耍有了不同的認識。

「那個水泥廠以前會排放很多有毒的廢水，都汙染了稻田，你看，現在關閉了以後，稻子還是長不出來。」

「以前那個雜貨店的阿姨很凶的啊！今天怎麼變了？」

結束後，言語禁令解除，臉上的妝已經些許花掉的孩子們迫不及待地分享他們的感覺。

回家園的路上，善平和桂山不約而同地走來我身邊。

「姚老師啊，我覺得自己變得好勇敢啊，在表演的時候。」相當注重自身儀容的桂山果然是唯一一個妝容完整的，他說話時眼神裡有光采。

「姚老師啊，我們長大以後跟你一起去默劇出走好不好？到更多的地方去。我當你的徒弟可以嗎？」也加入談話的善平順勢勾起我的手臂，興奮之情溢於言表。

我想起一年前，同樣的這條回家園的路，夜色裡，當善平同樣興奮地說著「我好喜歡默劇」，並牽起我的手時我的尷尬與倉皇。對於身體的觸碰，我向來都極度不耐。推究原因，有可能來自童年的創傷與對人的不信任，也有可能是家人之間沒有養成的習慣。現在，從這群孩子身上，我重新學習接受。善平的手掌勾著我的手，掌心傳來隱約的溫度，這個孩子對表演的熱情與開放感動了我。

「默劇出走？好。我會帶你們一起的。」給出的承諾雖然模糊，但我心中卻浮現了一個清楚的想法。

大山裡的貧困孩子能念上小學已經算是幸運，然而小學畢業後有的隨即被家人親戚帶去大城市打工謀生，有的則自食其力。有時在鎮上看見十來歲出頭的孩子蹲坐在路旁拿著寫有「找工人嗎？」的簡陋自製看板，我心頭都會狠狠一揪，甚是難過。身體尚未發育完成的孩子能打上什麼工呢？對家園的孩子而言，教育是一條出路，這也是負責人班老師的堅持。教育提供了不同的視野，或許可以讓大山裡的孩子走出貧困地區輪轉的宿命。而藝術陪伴，也許同樣可以是另一種思考與選擇的培養。我心裡有個大約的輪廓。

「明年暑假，你們小學畢業，如果願意，姚老師想想辦法，看能不能帶你們默劇出走，我們走出廣西，到外面的世界看看？」

桂山和善平不約而同地喊了聲「好」，這聲充滿活力的「好」，鼓舞了我的信心，卻也讓我的肩頭突然重了起來。

離別，再見

離開前一晚，班老師、戚老師特地辦了場晚會，一則替我送行，也歡迎新的大學生志工團到來，更重要的是讓孩子們這個月最後有個表演呈現。這晚，天公不作美地下起了小雨，但活動移師教室後，小小的空間擠滿了家園大大小小近一百名的孩子、老師以及大學生，反而更顯

走出家園，是一片山野風景，孩子們找到樂趣，開始自行尋找沿路適當的環境與物件，發展哪怕只有幾秒鐘的演出片段，我們共同完成了一次「默劇出走」。（下：蒙冠元 攝影）

熱鬧與溫暖。晚會由孩子們自己主持，表演活動包括了瑤族舞蹈、歌曲演唱以及壓軸的兩段默劇小品演出。

兩段默劇演出時，三歲的小阿榮跑到我懷裡擠著，我一邊幫台上的演員們播放音樂，一邊哄著這個已經學會用沙啞的嗓音叫我「要老師」的可愛孩子。演出雖然有些許出錯，但無妨，同樣贏得滿場的掌聲與笑聲。錦德以兩齣戲不同角色（超人、科學家老婆）的傑出演技，一致公認榮獲當晚最佳男／女主角。十個男女演員滿臉通紅地接受喝采時，我腦海中，那個孩子版默劇出走的藍圖再次攤開。

一晚的感動很快落幕，步出收拾完畢的教室時，我懷裡的小阿榮可能感受到離別的氣息，竟然就這麼嚎啕大哭起來，老師、哥哥姊姊們百般勸說，他只有把哭泣的臉更往我胸口塞。這次，我不強行拉開，也不說善意的謊言了，只是等，等月亮從下過雨的天空中緩緩現身，等我把家園的孩子們全都看過一遍，回望教室那面貼滿冠元攝影作品的白牆，那是一個月的縮影，冠元有著特殊的視角，家園裡的每個孩子、物件與小角落都被賦予了生動的色彩。我將注意力放回懷中小阿榮，他已經吐著規律的鼻息。將入睡的他輕輕送到負責照顧他的豔蓮手中，輕聲，往大門走去。

冠元緊握著我的手說：「姚老師謝謝你。」

善平中氣十足地說了聲：「師父再見！」

桂山在拭淚，他的淚水同時也滴在我的心上。

那一刻，我看見了十二歲的自己，我們各自走了多麼漫長的一段路，終於來到彼此的面前，臉頰上有淚水，身體滿是傷痕，不斷失去也不斷獲得生命寶貴的東西，我們相見，終於，互相擁抱，然後，在轉身離開前，彼此給了對方最深刻也最巨大的祝福——原諒。

第六章／四十小結

當我指物命名：這是家
只要一個字就能開啟一扇門
當我走進自己，世界有片刻的安靜
走進自己。我體內的光
清潔，明亮，溫暖
即使闔眼也能清楚看見信仰的一切

——吳岱穎．《冬之光．入厝》

我試著慢慢放掉始終緊握的拳頭，
選擇讓自己被引導，去相信別人，
去表達愛與被愛的需求。
父親念茲在茲的這個三層樓家屋，
我也最終選擇了——留下，並改變它。
將來，也許，我會有室友；
也許，屬於我的小家庭，會在這裡發生。

變動的家屋

「火來了！姚企濤！快，快走啊！」

「走啊！沒有罣礙了！」

「姚企濤！快走啊！」

火化爐匣口關上的那一刻，姚企濤在台灣的子子孫孫正跪在地上聲嘶力竭地喊著。聲音如同正在燒化棺木的高溫火焰，急切地驅策著一個人的離去。事實上，在這過道般的狹小空間裡，姚企濤不是唯一被喊出的名字。四組家庭，各自守著一道爐口，不同的宗教儀式，不同的情感表達，爐內可以想見的熾熱大火正在吞噬著他們各自的親人；鐵匣門再度開啟時，離去的人肉體將會消弭成灰，所以，我們紛紛呼喊他們的名，矛盾地對逝者表露最後的牽絆與不捨，卻也同時要隱匿它。姚企濤，一九二二～二〇一四。

姚企濤，我始終無法這麼疏離地喊叫他，但我也沒能喊出父親的稱謂，只是默默地看著一切發生。七天前，父親在大哥家中安然辭世，沒有病痛折磨，九十四歲高齡，是種福氣，大家都這麼說。我也覺得父親好福氣，他的一生活得夠了，了無遺憾。事親至孝的大哥大嫂與我的兩個姊姊對父親關懷備至，連先後陪伴母親與父親臨終的幫傭莎莉都是上天帶來的禮物。父親在台灣與大陸的八名子孫個個品格良善，如果這是他心念牽掛的，那他的人生早已圓滿。父親的遺容如睡著的孩子。子……亥……子，地支一輪，如同相連血脈，生生不息。

父親真的沒有遺憾嗎？我又不免揣度著。患有老年痴呆的父親，在最後這兩年裡話語能力大肆退化，每次探訪，除了簡單的問候，我和他多半只是在客廳彼此相望；其實，這一直以來就是我們的相處模式，只是隨著他身體的衰老，耳朵重聽，眼皮沉重到幾乎要把一隻眼睛永久闔上，說起話來會伴隨著無法控制流出的口水，我們的交談變成只是陪伴。父親過世的前幾個星期，我趁著澳門近一個月的工作結束，返台後的一日空檔到大哥家探訪他，那天父親似乎特別開心，見著我，嘴裡咿咿呀呀地講個不停。不過他有氣無力，字詞含糊，還要勞煩最會解讀的莎莉才能幫忙辨識出：吃飯沒、穿衣服、以及那句相對完整的——房子要不要賣掉？

母親逝世後，隨著父親與莎莉搬至台北與大哥一家同住，這個問題父親見著我時偶爾都要提問。他擔心我一個人住在這位於樹林的三層樓平房會有危險，房子的開銷對我也會是負擔，但我總是以近乎嚴厲的語氣堵住父親的詢問：「不賣！幹嘛要賣？」

沒對父親說出口的，是我對這個家（出乎自己意料之外）的眷戀，這個我曾經找不到存在感，極度想逃離的家屋。

母親走後，姊姊們將家裡整理一番，過去和氣商行時代留下的許多器具（那竹編的大蒸籠與快速爐重見天日，隨即又莎喲娜拉）以及母親的衣物、冰箱裡堆放的過期食品，能處理的都處理了。我從那堆等待處置的廢棄物中隨手搶救起幾件母親的衣服，一件綠色的長大衣，一件

離去的人肉體將會消弭成灰，所以，我們紛紛呼喊他們的名，矛盾地對逝者表露最後的牽絆與不捨，卻也同時要隱匿它。

土黃色的長袖毛衣，剪裁合身，顏色大膽，都未曾見過母親穿過。想想，應該是她年輕時的穿著。除了出身南投秀峰的種茶人家，以及年輕時在父親所在的軍營裡當裁縫因而認識父親之外，我發現自己對母親的過往一無所知，也從未有興趣探問。老照片裡記錄了母親年輕時的美麗身影，同樣的人怎麼會在日後的記憶裡成為了那個我所懼怕且懷恨的存在？是她曾加諸在我身上無數的言語暴力？還是我其實默默地把那年夏天遭受的身體暴力怪罪於她對我一貫的否定與排斥？她的無能為力？

少了母親存在的家屋有了變化：先是牆壁龜裂的情形日益加劇，電器密集故障，居家的許多問題處置全落在毫無頭緒的我身上。我開始從茶几上那本寫滿母親字跡的老舊電話本及記事簿裡去尋找問題對應的窗口，水電行，瓦斯行，冷氣行……實際的問題好應付，但隨著母親的逝去，她生前經常走動及停留的地方卻在我的情感上落陷成一處處黑洞，不斷吸啜著我的悲傷。我才發現，這棟被有潔癖的母親打掃得一塵不染的三層樓老房子，以及這個六口之家的中心支柱就是母親本身——她那份與自我頑抗、凡事斤斤計較、不假手於他人的堅韌且強烈的性格。而三十多年來，我一直抗拒且否認的另一個事實是：我，其實承接了與母親相同的性格。

只是，從母親的死亡，我才看見了那至死方休的精神疲憊。

我於是學著慢慢放掉始終緊握的拳頭，選擇讓自己被引導，去相信別人，去表達愛與被愛的需求。而父親念茲在茲的這個三層樓家屋，我也最終選擇了——留下，並改變它。將來，也許，我會有室友，這裡也許會成為一個工作室或迎接各地沙發客來臨的所在；也許，屬於我的小家庭，會在這裡發生。

是的，當父親正以姚企濤的身分與火神錯身時，我滿腦子卻是對家裡這三層樓房子的未來走向靈感充滿，這個房子的前身就是和氣商行不是嗎？哀戚的火葬場中，沒人發現我的嘴角浮出一抹微笑。

遺體火化需要一個鐘頭的時間，我們一行十四人陸續起身，準備轉到旁邊的休息室等待最後的撿骨程序。

青春牛仔褲 for the road

「咦？儒？我早上給妳的紙袋，妳放在哪裡？」大嫂的聲音已經些許沙啞，鏡片下的雙眼還有點浮腫。

「哪個袋子？」同樣一臉哀戚的二姊忙著一邊用手拭去臉上殘留的淚水，一邊疑惑地回答。

「裝著姚惟中牛仔褲的那袋，他等會要換回來。」根據不知哪來的規儀或禁忌，長孫在儀式時必須身著黑衣黑褲，牛仔褲則是方便儀式結束後讓他換穿。

「咦？」二姊的疑惑持續著，她很努力回想，然後：「啊！那袋是姚惟中的褲子？不是要放在爸的棺木裡燒給他的東西嗎？我——我——糟糕，我早上把它放進去了……」

我們可能是極少數在火葬場爆出笑聲的家庭。尤其二姊的失誤，給了方才因為想像房子未來用途而喜不自禁的我一個光明正大完全解放的機會，不管場合多麼不適宜，一想到往生淨土的父親莫名其妙帶上了一條青春仔的牛仔褲不知會做何感想，我實在是怎麼樣都要好好地笑上一回。

「啊！」才剛痛失愛褲卻也莫可奈何的姪子惟中突然叫了一聲，莫非事情有翻案的可能？

「我早上沒吃完的飯糰也在那袋裡面！」

波特萊爾說：「我總是在婚禮的時候哭，在葬禮的時候笑。」

笑，就這樣再度張揚開來。我開始在姪子姪女面前模仿起爺爺硬擠進年輕小伙子的牛仔褲吃著半坨飯糰的模樣。這是我這陣子最棒的表演，信手拈來，渾然天成。我們都笑了，極盡所能地笑；至少我是如此，有股欲望驅策著我這麼做，而就在笑到了極致時，我竟然發現，它和哭泣沒什麼兩樣，兩者的盡頭都是一片無以適從的空白與荒蕪，一種氣吐盡又猛吸一口氣後大腦的斷片。我想，所有的情緒也許就是那一吸一吐的氣息而已，沒有更多，沒有更少；快樂、傷痛，出生、死亡，也許並無二致。

父親的小禮物

二〇一四年春節，我們在父親的後事中度過。大陸的大哥迎了父親一部分的骨灰回去，父親歸鄉的心願終於象徵性地了結，我想，與他同處在一個塔位的母親不會反對，畢竟她還擁有父親的絕大部分。但，這些其實都只是我聊備一格的自娛想像而已，已逝之人如果還有情緒，那也未免太浪費死亡本身。

三月，姊姊們回來家裡，照母親後事之例，想要將父親的遺物做一次清理。我停下在南部的工作行程，回家裡幫忙。與其說幫忙，其實兩個姊姊已經很有效率地處理掉絕大部分的事物，很多時候，我只是在隨手翻看父親留下的信件和隨筆。然後，我想起二樓客廳裡那個父親十幾

笑到了極致時，我竟然發現，它和哭泣沒什麼兩樣，我想，所有的情緒也許就是那一吸一吐的氣息而已，沒有更多，沒有更少；快樂、傷痛，出生、死亡，也許並無二致。

年前親手製作拿來專門放置相簿的木頭立櫃。

父親有為全家人收集並整理照片的習慣，十幾本厚重的塑膠相簿一字排開，每本都寫著他和母親以及我們四個子女的名字。在我準備翻看這些回憶時，一本被夾塞在兩本相簿中帶有綠色紙質外皮的素描簿吸引了我的注意。

翻開簿子，我看見七年前的自己。

二〇〇七年，我回台後的第一個製作《PAPA》，講的就是父親的故事，也是全家來看過我的唯一一次演出。素描本第一頁貼著的是當時的簡報，照片裡的我戴著戲裡的面具，但面具背後，初生之犢，當時，天真地以為廣大的舞台會就此展開。簡報下方有父親潦草的字跡，寫著：尚德的舞台劇演出，而這，只是父親蒐集我的簡報的開端。泛黃的簡報從二〇〇七年跨度到二〇一〇年，雖然只有寥寥數頁，實在稱不上精采，但當我的雙手親撫著那多半已經浮起的報導以及父親筆下收斂的注解，這些年來他默默進行這項工作時的神情與姿態彷彿躍然眼前。紀錄到二〇一〇年驟然停止，隔年，也許是父親老年痴呆症的症狀加劇，素描本從此留下大片的空白。

父親以他的方式愛護著我，我想，母親也是。

選擇

收起素描本，整理完父親的遺物，我又回到南部準備將實施到第三年的「默劇出走—台灣小角落」計畫做個收尾。計畫主要是希望透過我在台灣各地的駐點創作，重新認識這片土地並尋找默劇表演外的藝術靈感激盪。三年來，我的老舊摩托車駝著我進入了許多意想不到的台灣小角落，同時也認識了許多平凡且精采的人們。這個父親不再能蒐取簡報及記錄的計畫現在踏實地填寫著我生命的紙頁，並重新描繪出一個關於我的新的輪廓。

在台南最後一場反南鐵東移的鐵路沿線演出結束後，告別一個多月相處的夥伴及熱情的沿線居民，這次跨度長達半年的計畫終於畫下句點。騎上那台征戰沙場的摩托車，準備在夜色中返回朋友提供的住所時，手機通訊軟體突然傳來熟悉的提示鈴聲。訊息來自於那個曾經承諾老了要幫我推輪椅的好友：

孜：欸，某那母（這是我們給彼此的暱稱，從法文 mon amour／我的愛音譯而來），你在幹捨謀？

我：沒啊，演出剛結束。

孜：是喔。演得枕樣？

我：呃，妳是有心要知道還是應酬問問？

孜：就應酬問問。

我：所以傳訊息來是要……

孜：欸，我剛突然想到……

我：啥？

孜：就……你現在其實跟桂山他們一樣。

我：啥？

孜：就……你也是孤兒了耶。呃

我：對耶。哈哈哈。我也是孤兒惹。嗚嗚。已哭。

孜：對，但，你是老孤兒

我：哈哈哈哈哈哈哈哈哈。老孤兒。嗚嗚。已哭×2

這個「敬，我們無聊的人生。（還有小格局）」的三人聊天群組，每天刷過許多恢弘的、隱晦的、怪異的、也許猥瑣的，當然更多是小格局的想法與留言。無聊、小格局一直都是我自己認為的人生本質。

小學時，我的志願是當個市場的菜販，因為中午可以買排骨便當來吃；大學畢業，我其實想就留在民雄種田，教教英語；留法那幾年，我想當個擁有烤箱的家庭主婦；再後來，我想，也許有個孩子呢？（放心，我會注意他／她的飲食）。沒有什麼宏大的企圖與遠見，但生命卻再再把我往相反的路徑推去。排骨便當、鋤頭、蘋果派都還沒拿到，我的雙手及肩頭承接的責任已經越來越多。朋友總說，你貴人好多，我多半苦笑著說感激。在進入四十歲的年頭，生命裡有些既定的開始鬆動，有些散亂的開始集聚，四十而立。

四十，心中也同時擁有一股清明。我看著死亡穿越過我的至親，穿越過我的過往，穿越過小龍女、聖鬥士、呼啦呼啦那些超人的形象；死亡繼續往前去，有天，它會穿越過我。只是，在那之前，我選擇繼續自由呼吸，選擇觀看每天發生的小死亡與小新生，我享受自我推翻與重建的淚水與歡笑，不管人前人後，是的，我們不知道生命最後的總結何時發生；但我知道，在它臨近前，我總是可以選擇。

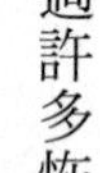

我看著死亡穿越過我的至親，穿越過我的過往，我選擇繼續自由呼吸，選擇觀看每天發生的小死亡與小新生，我享受自我推翻與重建的淚水與歡笑，不管人前人後。

國家圖書館出版品預行編目（CIP）資料

小丑不流淚 / 姚尚德著 . -- 初版 . -- 臺北市：
遠流 , 2015.07
面； 公分 . -- (綠蠹魚叢書 ; YLK87)
ISBN 978-957-32-7662-3（平裝）

855 104010364

綠蠹魚叢書 YLK87

小丑不流淚

作者／姚尚德
攝影／蒙善平（封面、P239上）、羅明達（P14）、沈惠齡（P18-19）、
劉人豪（P114-115、143、147）、謝承佐（P151）、
林騰達（P175下、P179）、蒙冠元（P226-227、P255下）

出版四部總編輯暨總監／曾文娟
資深副主編／李麗玲
企劃／廖宏霖
封面暨內頁視覺設計／黃寶琴・優秀視覺設計

發行人／王榮文
出版發行／遠流出版事業股份有限公司
地址／臺北市南昌路二段81號6樓
客服電話／（02）2392-6899 傳真／（02）2392-6658
郵撥／0189456-1
著作權顧問／蕭雄淋律師
輸出印刷／中原造像股份有限公司

2015年7月1日 初版一刷
定價新台幣350元（缺頁或破損的書・請寄回更換）

ISBN 978-957-32-7662-3（平裝）

YLib 遠流博識網
http://www.ylib.com E-mail: ylib@ylib.com

◎本書獲得國家文藝基金會文學類創作補助